# 从宋词中汲取境界智慧

吟咏宋词名句，提升文化底蕴
锻炼写作技巧，学会诗意表达

姜越 编著

远方出版社

图书在版编目（CIP）数据

从宋词中汲取境界智慧 / 姜越编著. -- 呼和浩特：远方出版社，2024.6. --（"魅力经典"系列）.
ISBN 978-7-5555-1934-8
Ⅰ. I207.23
中国国家版本馆CIP数据核字第2024GX3094号

# 从宋词中汲取境界智慧
## CONG SONGCI ZHONG JIQU JINGJIE ZHIHUI

| | |
|---|---|
| 编　　著 | 姜　越 |
| 责任编辑 | 孟繁龙 |
| 封面设计 | 李　玉 |
| 出版发行 | 远方出版社 |
| 社　　址 | 呼和浩特市乌兰察布东路666号　邮编 010010 |
| 电　　话 | （0471）2236473总编室　2236460发行部 |
| 经　　销 | 新华书店 |
| 印　　刷 | 北京洲际印刷有限责任公司 |
| 开　　本 | 710毫米×1000毫米　1/16 |
| 字　　数 | 150千 |
| 印　　张 | 12.75 |
| 版　　次 | 2024年6月第1版 |
| 印　　次 | 2024年6月第1次印刷 |
| 标准书号 | ISBN 978-7-5555-1934-8 |
| 定　　价 | 66.00元 |

如发现印装质量问题，请与出版社联系调换

# 前　言

大宋王朝已经消逝在历史的长河中了，但被称为"一代之文学"的宋词却在大浪淘沙的岁月中毫不褪色，情韵依旧。那些词人的所思、所想、所感、所叹，已从瞬间成为永恒，历久弥新。一千年前的人看世界，目光会定格在开封；一千年后的我们，从宋词的字里行间，又看到了当时的世界。

常说"诗言志，词传情"，盛唐诗人有多少挥之不尽的豁达，宋代词人就有多少诉之不竭的愁怨。"云破月来花弄影。重重帘幕密遮灯，风不定，人初静，明日落红应满径"是久病不能赴会之愁；"酒意诗情谁与共，泪融残粉花钿重"是寂寞闺愁；"鸿雁在云鱼在水，惆怅此情难寄"是相思之愁；"胡未灭，鬓先秋，泪空流"是壮志未酬之愁；"一川烟柳，满城风絮，梅子黄时雨"是闲愁；"自在飞花轻似梦，无边丝雨细如愁，宝帘闲挂小银钩"是触目皆愁。

宋词细腻、凝练、含蓄蕴藉。词人寥寥数字就能道出我们无法言传的情思。读宋词需要一个极其平和的心境，最好带点伤感的情绪，方能体味那穿越千年仍不褪色的淡淡忧伤。这忧伤绝非某些文人酒足饭饱后的无病呻吟，而是经过反复锤炼的赤金。

宋词作为中国古代的闪耀遗珠，它的影响，不仅仅在于唯美的遣词造句，其中所蕴含的人生境界，直到今天，依然散发着光芒。

人心千古不易。我们了解古人的心灵体验、人生境界，并不是要现代人"黄卷青灯"，不食"人间烟火"，回归古人的生活情趣故作高雅脱俗。我们试图做的只是尽可能将那些泛黄竖排的古籍所承载的心灵智慧激活，将个体心灵遭遇的超越时空的诸般问题及其心灵的自我拯救与排解一一呈现。李泽厚先生曾说过："文学的最高价值、文学的永恒性源泉在于它可以帮助人类心灵进行美好的历史性积淀。就是说，成功的文学作品，它总是在人类心灵中注入新的美好的东西。这可能看不见，不是像科学那样可以测量、计算，但它确实存在着。"（《世纪新梦》）当你全身心地投入宋词优雅而从容的世界中，在其悠闲的节奏、唯美的文字、典雅的意境、纯真的情感、人生的思考所营造的纯粹精神的享受中，感受它的悲喜与忧愁、悲悯与无奈、消沉与狂放，你得到的将会是心灵最深处情感的释放。

直到今天，宋词的形象、意境、美感、魄力，仍陶冶着人们的情操，宋词的典雅华美、含蓄蕴藉，还有清新自然、酣畅淋漓，都让人产生一种无法言说的着迷感。无论是外在语言的字字珠玑，还是内在蕴含的隽永意韵，都吸引着情感和思绪在语言营造出的绝妙意境中自由飞翔，不断捕捉着心境和生命中的感触，在跨越时空、贴近情感的触摸中，更好地领悟古人的人生境界。

# 第一章　清心境界：人间有味是清欢

1. 诗万首，酒千觞，几曾着眼看侯王

　　——心境淡然才会快乐 …… 003

2. 人间有味是清欢

　　——保持心灵的安宁和平静 …… 005

3. 待浮花、浪蕊都尽，伴君幽独

　　——学会发现和欣赏生活的美 …… 010

4. 酿成千顷稻花香，夜夜费、一天风露

　　——学会给心灵"放假" …… 013

5. 仔细思量，追欢及早

　　——丢掉所有的不快乐，就是快乐 …… 015

6. 云何，当此去，人生底事，来往如梭

　　——看淡一切，苦中寻乐 …… 018

7. 枕上诗书闲处好,门前风景雨来佳

　　——生活是多姿多彩的 ················· 022

8. 此心安处是吾乡

　　——心静如水,随遇而安 ················· 027

## 第二章　知足境界:懂得知足,方能常乐

1. 称心如意,剩活人间几岁

　　——欲望是永无止境的 ················· 033

2. 粗衣淡饭,赢取暖和饱

　　——知足才能常乐 ················· 035

3. 稻花香里说丰年,听取蛙声一片

　　——快乐是自己的事情 ················· 040

4. 浮云出处元无定,得似浮云也自由

　　——有一种智慧叫"放弃" ················· 043

5. 碧云笼碾玉成尘,留晓梦,惊破一瓯春

　　——培养幸福快乐的心态 ················· 046

6. 醉卧古藤阴下,了不知南北

　　——安心享受自己的生活 ················· 054

# 第三章 脱俗境界：淡泊名利，是真谛

1. 一齐都打碎，放出大圆光
   ——依靠自身的力量去摆脱烦恼 ················ 061

2. 功名浪语
   ——不要被名利牵着鼻子走 ···················· 065

3. 起来搔首，梅影横窗瘦
   ——宁静致远，淡泊明志 ······················ 070

4. 忍把浮名，换了浅斟低唱
   ——宠辱不惊是一种境界 ······················ 074

5. 世路如今已惯，此心到处悠然
   ——让自己活得轻松一些 ······················ 077

6. 蜗角虚名，蝇头微利，算来著甚干忙
   ——享受人生是一种智慧 ······················ 081

7. 浮生长恨欢娱少，肯爱千金轻一笑
   ——别为金钱丢掉快乐 ························ 088

# 第四章 寂寞境界：孤寂，是无法排遣的愁

1. 看他们，得人怜，秦吉了
   ——远离趋炎附势的小人 ······················ 095

2. 拣尽寒枝不肯栖，寂寞沙洲冷

  ——人生要耐得住寂寞 ……………………………………… 098

3. 山桃溪杏两三栽，为谁零落为谁开

  ——人情冷暖，世态炎凉 ……………………………………… 103

4. 愁无比，和春付与东流水

  ——放弃痛苦，选择快乐 ……………………………………… 106

5. 不如随分尊前醉，莫负东篱菊蕊黄

  ——忧虑不能改变现实 ………………………………………… 110

6. 零落成泥碾作尘，只有香如故

  ——孤芳自赏，活出自己的个性 ……………………………… 113

7. 欲将心事付瑶琴，知音少，弦断有谁听

  ——千金易得，知己难求 ……………………………………… 117

8. 蓦然回首，那人却在，灯火阑珊处

  ——不落俗套，做真实的自己 ………………………………… 120

## 第五章 旷达境界：心若无尘，清风自来

1. 谁羡骖鸾，人在舟中便是仙

  ——留一个空间给爱好 ………………………………………… 125

2. 占得人间一味愚

  ——用智慧化解不必要的麻烦 ………………………………… 127

3. 城中桃李愁风雨,春在溪头荠菜花

　　——最后的笑声才是最甜的 …………………………………… 131

4. 一点浩然气,千里快哉风

　　——坦然地面对生活中的不幸 …………………………………… 133

5. 回首暮云远,飞絮搅青冥

　　——兴趣爱好可以陶冶情操 ……………………………………… 136

6. 一松一竹真朋友,山鸟山花好弟兄

　　——让自己愉快起来 ……………………………………………… 140

## 第六章　超然境界:有得有失,才是人生

1. 无可奈何花落去,似曾相识燕归来

　　——得失无语才是人生 …………………………………………… 147

2. 竹杖芒鞋轻胜马,谁怕?一蓑烟雨任平生

　　——把心理调整到最佳状态 ……………………………………… 152

3. 便休休,更说甚,是和非

　　——失去的未必是最好的 ………………………………………… 157

4. 我见青山多妩媚,料青山见我应如是

　　——心态是一柄双刃剑 …………………………………………… 161

## 第七章　无常境界：人生只道是寻常

1. 世事一场大梦，人生几度秋凉

　　——用平和的心态对待生活 …………………… 169

2. 自是休文，多情多感，不干风月

　　——心态不同，结果就不同 …………………… 173

3. 物是人非事事休，欲语泪先流

　　——人生无常，当下最真 ……………………… 176

4. 谁道人生无再少？门前流水尚能西

　　——乐观向上的人生态度 ……………………… 179

5. 堪笑一场颠倒梦，元来恰似浮云

　　——生命是一个过程 …………………………… 184

6. 当时共我赏花人，点检如今无一半

　　——坦然面对一切 ……………………………… 186

7. 旧游无处不堪寻。无寻处，惟有少年心

　　——时间一去不复返 …………………………… 192

# 第一章 清心境界：人间有味是清欢

清欢是人类心灵的纯净一隅，是超越物质享受的精神境界。清欢不讲物质条件，只讲心灵的平静体味。清欢是对人生、对生活的品味与享受，是对生活的热爱。清欢对生命情趣的珍惜，是在执着与放逐间体味人生的诗意。

# 1. 诗万首,酒千觞,几曾着眼看侯王

## ——心境淡然才会快乐

◎ **出处**

朱敦儒《鹧鸪天·西都作》

◎ **原文**

我是清都山水郎,天教分付与疏狂。曾批给雨支风券,累上留云借月章。

诗万首,酒千觞,几曾着眼看侯王。玉楼金阙慵归去,且插梅花醉洛阳。

◎ **译文**

我是天宫里掌管山水的郎官,天帝赋予我狂放不羁的性格。曾多次批过支配风雨的手令,也多次上奏留住彩云,借走月亮。

我自由自在,吟万首诗不为过,喝千杯酒不会醉,王侯将相,哪儿被能放在我的眼里?就算是让我在华丽的天宫里做官,我也懒得去,只想插枝梅花,醉倒在花都洛阳城中。

◎ **注释**

清都山水郎:在天上掌管山水的官员。清都,指与红尘相对的仙境。

疏狂:狂放,不受礼法约束。

支风券:支配风雨的手令。

章：写给帝王的奏章。

觞（shāng）：酒器。

玉楼金阙慵（yōng）归去：不愿到那琼楼玉宇之中，表示作者不愿到朝廷里做官。

◎ 赏析

这首词作于西都，即洛阳，很具特色。是北宋末年脍炙人口的一首佳作，曾风行汴洛。词中，作者以"斜插梅花，傲视侯王"的"山水郎"自居，给人留下了深刻印象。

上片，写作者在洛阳时，"行歌不记流年，花间相过酒家眠"（《临江仙》），过着流连风月的疏狂生活。下片，反映作者"几曾着眼看侯王"，即傲视权贵，不愿在朝为官的思想。这句是这首词的点睛之笔，也是作者内心思想的写照。作者虽不愿在朝做官，但对国家的命运还是关心的。虽隐居伊嵩，啸傲洛浦，留恋山水清音，而事实上仍"换酒春壶碧，脱帽醉清楼"（《水调歌头·淮阴作》），"射麋上苑，走马长楸"（《雨中花·岭南作》），仍不能忘情于十丈红尘。

很多年前，在那个梅花盛开的月夜，朱敦儒做了一个成为"山水郎"的梦。在这个梦中，他是天宫掌管山水的官员，每天不理俗务，遍游天下名山大川，生活是何等的惬意自在。身为天官，性格中又有几分狂放，不为尘世礼法所约束，言行举止自有一番大气磅礴。赏玩山川还不够，又有"诗万首，酒千觞，几曾着眼看侯王"，他宁愿终日与诗书美酒相伴，也不愿流连于尔虞我诈的官场。古来向往隐逸生活之人何其多，又有几个能真正放弃现有的忙碌生活，完全寄情于山水，享受天然之趣？任尘世浪浪，红尘滚滚，我独洁净一生，逍遥自在。酒色财气如利刃，名缰利锁催人老，与其在追求与不得中受尽折磨，不如寄情于山水之间，相忘于江湖之上，畅快肆意，才不算辜负这一生。

俗语说："人生不如意事常八九。"在碰到人生的不如意时，很多人怨天尤人，终日生活在痛苦中不能自拔，其实还不如保持一份淡然的心境，则快乐将触手可及。

## 2. 人间有味是清欢

——保持心灵的安宁和平静

◎ 出处

苏轼《浣溪沙·细雨斜风作晓寒》

◎ 原文

元丰七年十二月二十四日，从泗州刘倩叔游南山

细雨斜风作晓寒，淡烟疏柳媚晴滩。入淮清洛渐漫漫。

雪沫乳花浮午盏，蓼茸蒿笋试春盘。人间有味是清欢。

◎ 译文

冬天早晨细雨斜风天气微寒，淡淡的烟雾和稀疏的杨柳使初晴后的沙滩更妩媚。洛涧入淮后水势一片茫茫。

乳色鲜白的好茶伴着新鲜如翡翠般的春蔬，这野餐的味道着实不错。而人间真正有滋味的还是清淡的欢愉。

◎ 注释

浣溪沙：唐玄宗时教坊曲名，后用为词牌名。双调四十二字，上片三句三平韵，下片三句两平韵。

细雨斜风：唐韦庄《题貂黄岭官军》"斜风细雨江亭上，尽日凭栏忆楚乡。"

媚：美好。此处是使动用法。

滩：十里滩，在南山附近。

洛：即洛涧，源出安徽定远西北，北至怀远入淮河。

漫漫：水势浩大。

"雪沫"句：谓午间喝茶。雪沫乳花：形容煎茶时上浮的白泡。宋人以将茶泡制成白色为贵，所谓"茶与墨正相反，茶欲白，墨欲黑"（宋赵令畤《侯鲭录》卷四记司马光语）。

午盏：指午茶。

蓼（liǎo）茸：蓼菜嫩芽。一作"蓼芽"。

春盘：旧俗，立春时用蔬菜水果、糕饼等装盘馈赠亲友。

◎ 赏析

这是一首记游词，是以时间为序来铺叙景物的。作品充满春天的气息，洋溢着生命的活力，反映了作者对现实生活的热爱和健胜进取的精神。

词的上片写沿途景观，下片转写作者游览时的清茶野餐及欢快心情。"雪沫乳花浮午盏，蓼茸蒿笋试春盘"两句绘声绘色、活灵活现地写出了茶叶和鲜菜的鲜美色泽，使读者从中体味到作者品茗尝鲜时的喜悦。这种将生活形象铸成艺术形象的手法，显示出作者高雅的审美意趣和旷达的人生态度。"人间有味是清欢"，这是一个具有哲理性的命题，用词的结尾，却自然浑成，有照彻全篇之妙趣，为全篇增添了欢乐情调和诗味、理趣。

这首词，在色彩清丽而境界开阔的生动画面中，寄寓着作者清旷、娴雅的审美趣味和生活态度，给人以美的享受和无尽的遐思。苏轼就是在这首词中展现了生活的诗意，展现了人生快乐的真谛，体味人间最简单而有味的人生宴席。

清欢是人类心灵的纯净一隅，是超越物质享受的精神境界。清欢不讲物质条件，只讲心灵的平静体味。

只要有一颗未被尘世污垢蒙蔽的心灵，有一颗敏感的心灵，你可能就会在上班的林荫路上发现阳光的缝隙，在下班拥挤的人潮中瞥见那一抹天边的晚霞，就会体味幸福的清欢滋味。

清欢是对人生、对生活的品味与享受，是对生活的热爱。对生命情趣的珍惜，是在执着与放逐间，体味人生的诗意。

《小窗幽记》中有这样一段话：

"清闲无事，坐卧随心，虽粗衣淡食，自有一段真趣；纷扰不宁，忧患缠身，虽锦衣厚味，只觉万状苦愁。"

这段话的意思是，人生要有一种宁静致远的追求。清闲自在，喜欢坐就坐，喜欢躺就躺，随心所欲，在这种状态下，虽然穿的是粗衣，吃的是淡饭，但仍然会觉得心情平静，不会为一些日常凡俗之事而牵挂；相反，那些患得患失、忧患和烦恼缠身的人，整天奔忙着一些烦忧之事，这些人虽然穿的是华丽的衣服，吃的是山珍海味，但会觉得心中痛苦万状。

清闲自在，坐卧随心，也就是"清心"。从心理学上说，清心就是一种没有"心机"的心理状态。它是与"有心"的生活态度相对的。清心就是不动情绪，不执着，恬淡而自得，根据自己的本真去待人处事。

因此，清心从一定意义上说，又是一种生活之道。如果用老子所说的"失道而后德，失德而后仁，失仁而后义"的观点来衡量，清心的人格层次远在德、仁、义之上。它是人生在生活之道上的反应。清心中孕育着童真，清心中孕育着活力，清心中孕育着快乐。

《菜根谭》云："此身常放在闲处，荣辱得失，谁能差遣我？此心常安在静中，是非利害，谁能瞒昧我？"意思是说，只要自己的身心处于安闲的环境中，对荣华富贵与成败得失就不会在意；只要自己的心灵保持安宁和平静，人世的是非与曲直都不能瞒过你。

老子主张"无知无欲"，"为无为，则无不治"。世人也常把"无为"挂在嘴边，实际上是做不到的。但一个人处在忙碌之时，置身功名富贵之中，的确需要静下心来修省一番，闲下身子安逸一下。洪应明也多次提到，人需要静观世事，做到身在局中心在局外，这样就会客观地对待生活，才能不为外物所累，人间的种种现象也才能尽收眼底。

林语堂曾经讲过这样一个故事：

有一对年轻的夫妇，利用假期出外旅游。他们一路南行，来到一处幽静的丘陵地带，发现在这人烟稀少的小山旁边有一间小木屋。

夫妻二人走到小木屋前，看见门前坐着一位老人。年轻丈夫上前一步问道：

"老人家，您住在这人迹罕至的地方不觉得孤单吗？"

"你说孤单？不！绝不孤单！"老人回答道。停顿了一会儿，老人接着说：

"我凝望那边的青山时，青山给予我力量；我凝望山谷时，那一片片植物的叶子，包藏着无数生命的秘密；我凝望蓝色的天空，看见那云彩变化成各式各样的城堡；我听到溪水的淙淙声，就像有人在向我做心灵的倾诉；我的狗把头靠在我的膝上，我从它的眼神里看到了淳朴的忠诚。每当夕阳西下的时候，我看见孩子们回到家中，尽管他们的衣服很脏，头发也是蓬乱的，但是，他们的脸上却挂着微笑。此时，当孩子们亲切地叫我一声'爸爸'，我的心就会像喝了甘泉一样甜美。当我闭目养神的时候，会觉得有一双温柔的手放在我的肩头，那是我太太的手，碰到困难和忧愁的时候，这双手总是支持着我。"

老人见年轻夫妇没有作声，于是，又强调了一句："你说孤单？不，不孤单！"

这位老人的生活看起来是平淡的。然而，在我们这个世界上，每个人都是凡夫俗子，他们总期盼着过一些平淡的日子。平淡，不是没有欲望。属于我的，自然要取；不属于我的，即使千金、万金也不为所动，这就是平淡。安于平淡的生活，并能以平淡的态度对待生活中的诱惑，让自己的灵魂安然自处，这样的人，于自己，就像云彩一样飘逸；于他人，就像湖泊一样宁静。这就是一种清心的境界。

其实，这位老人正是达到了清心的境界，因此，他能清闲自在、坐卧随心，从平凡的生活之中，体悟到生活的情趣，领略到生活的快乐。

人若在宁静之中心绪像水一样清澈，就可以见到心性的本来面貌。在安闲中气度从容不迫，可以认识心性的本源。在淡泊中意念情趣谦和愉悦，可以得到心性的真正体味。

## 3. 待浮花、浪蕊都尽，伴君幽独

——学会发现和欣赏生活的美

◎ 出处

苏轼《贺新郎·夏景》

◎ 原文

乳燕飞华屋。悄无人、桐阴转午，晚凉新浴。手弄生绡白团扇，扇手一时似玉。渐困倚、孤眠清熟。帘外谁来推绣户，枉教人、梦断瑶台曲。又却是，风敲竹。

石榴半吐红巾蹙。待浮花、浪蕊都尽，伴君幽独。秾艳一枝细看取，芳心千重似束。又恐被、秋风惊绿。若待得君来向此，花前对酒不忍触。共粉泪，两簌簌。

◎ 译文

小燕子飞落在雕梁画栋的华屋，静悄悄四下无人，梧桐阴儿转过了正午。傍晚清凉时美人刚出浴。手拿着丝织的白团扇，团扇与素手似白玉凝酥。渐渐困倦，斜倚枕睡得香熟。此时不知是谁在推响彩绣的门户？空叫人惊醒了瑶台好梦。侧耳听却原来是阵阵风在敲竹。

石榴花半开像红巾叠簇，待桃杏等浮浪花朵落尽，它才会绽开与孤独的美人为伍。细看这一枝浓艳的石榴，花瓣千层恰似美人芳心紧束。又怕被那西风吹落只剩绿叶。来日如等到美人来到，在花前饮酒也不忍去碰触。那时节泪珠儿和花瓣，会一同洒落，声簌簌。

◎ 注释

飞：《云麓漫钞》谓见真迹作"栖"。

瑶台：玉石砌成的台，神话传说在昆仑山上，此指梦中仙境。

风敲竹：唐李益《竹窗闻风寄苗发司空曙》"开门复动竹，疑是故人来。"

红巾蹙：形容石榴花半开时如红巾皱缩。

"芳心"句：形容榴花重瓣，也指佳人心事重重。

秋风惊绿：指秋风乍起使石榴花凋谢，只剩绿叶。

两簌簌：形容花瓣与眼泪同落。清黄苏《蓼园词评》云："末四句，是花是人，婉曲缠绵，耐人寻味不尽。"

◎ 赏析

这是一首抒写闺怨的双调词，咏人兼咏物。作者赋予词中的美人、石榴花以孤芳高洁、自伤迟暮的品格和情感，在这两个美好的意象中渗透了自己的人格和感情。词中写失时之佳人，托失意之情怀；以婉曲缠绵的儿女情肠，寄慷慨郁愤的身世之感。

上片以初夏景物为衬托，写一位孤高绝尘的美丽女子。起调"乳燕飞华屋，悄无人，桐阴转午，"点出初夏季节，过午时候的幽静。"晚凉新浴"，推出傍晚新凉和出浴美人。词的下片借物咏情，写美人看花时触景伤情，感慨万千，时而观花，时而怜花惜花。这种花、人合一的手法，读来婉曲缠绵，寻味不尽。作者无论是直接写美人，还是通过石榴花间接写美人，都紧紧扣住娇花美人失时、失宠这一共同点，而又寄托着作者自身的怀才不遇之情。

生活中不缺乏美，但总是缺少发现的眼睛。找到美、发现美，其实很简单，只需要多一份用心，多一份积极向上的态度。

## 4. 酿成千顷稻花香，夜夜费、一天风露

### ——学会给心灵"放假"

◎ 出处

辛弃疾《鹊桥仙·己酉山行书所见》

◎ 原文

松冈避暑，茅檐避雨，闲去闲来几度？醉扶孤石看飞泉，又却是、前回醒处。

东家娶妇，西家归女，灯火门前笑语。酿成千顷稻花香，夜夜费、一天风露。

◎ 译文

在松岗中躲避寒暑，在茅檐下躲避风雨，如此来来去去的日子不知道有多少次了。停下醉酒摇晃的脚步，手扶嶙峋的石头，注目眼前飞流直下溅珠跃玉的瀑布，醉眼蒙眬，辨认许久，看啊看啊，原来以前多次酒醒就在这里！

东边有人娶妻，而西边已经出嫁的女儿也回娘家省亲，两家门前都灯火通明，亲友云集，一片欢声笑语。村外田野里柔风轻露漫天飘洒，它们是在酝酿制造稻香千顷，丰收就在眼前了！感谢夜里风露对稻谷的滋润。

◎ 注释

己酉：淳熙十六年（1189年），当时作者闲居带湖。

归女：嫁女儿。古时女子出嫁称"于归"。

"酿成"三句：谓每夜的清风白露，酿成一片稻米花香，意即风调雨顺，丰收在望。

◎ 赏析

这首词与《西江月·遣兴》一样，同为辛弃疾罢官后居于江西上饶时所作：以农村生活为背景的一首抒情小词。这首词作于公元1189年（淳熙十六年己酉），当时他已五十岁了。

词的下片，不但表现了作者热爱自然的感情，而且也有热爱乡村生活、喜爱劳动人民的感情。"东家娶妇，西家归女，灯火门前笑语。"写婚娶的欢乐、热闹情况。这和作者孤独地停留在山石旁的寂寞情况，形成了强烈的对比，足以令他感到更加寂寞。但作者的心情并非如此，他分享了农民的欢乐，冲淡了自己的感慨，使词出现了和农民感情打成一片的热闹气氛。"酿成千顷稻花香，夜夜费、一天风露。"作者以这两句结尾，写出了为农民的稻谷丰收在望而喜慰，代农民感谢夜里风露对于稻谷的滋润。这样，他就把自己的整个心情投入对农民的爱和关心中了。

总之，这首词在描写闲散生活时透露身世之痛，在描写农民的淳朴生活中，反映了作者的超脱、美好的感情；情境交融，相互衬托，使词的意境显得十分清新、旷逸。

## 5. 仔细思量，追欢及早

——丢掉所有的不快乐，就是快乐

◎ 出处

王观《红芍药·人生百岁》

◎ 原文

人生百岁，七十稀少。更除十年孩童小。又十年昏老。都来五十载，一半被、睡魔分了。那二十五载之中，宁无些个烦恼。

仔细思量，好追欢及早。遇酒追朋笑傲。任玉山摧倒。沈醉且沈醉，人生似、露垂芳草。幸新来、有酒如渑，结千秋歌笑。

◎ 译文

人生百年，能够活到七十者少有。十年孩童期、十年昏老期，那中间的五十年又被睡眠（应包含病闲）占去了一半。在清醒着的二十五年中又有诸多烦恼。

仔细想想人生确实时光不多，应该要追欢及早，及时行乐。平日与志气相投的好友们聚在一起饮酒，意气风发，不去计较喝醉了以后的事情。沉醉了就沉醉了吧，人生就好似那芳草上低垂的露珠一样生命短暂。幸亏近来，有像渑河一样无尽的美酒，能够让我度过时光像吟歌千秋一样惬意。

◎ 注释

玉山摧倒：形容喝醉了酒摇摇欲倒。

有酒如渑：语出《左传·昭公十二年》"有酒如渑，有肉如陵。"意思是有酒如渑水长流，有肉如堆成的小山冈。

◎ 赏析

显而易见，这首词以剖析短暂人生为由，借以抒发放荡不羁、愤世嫉俗、以酒消愁的心情。

王观，字通叟，宗仁宗景祐二年（1035年）生于如皋，卒于宋哲宗元符三年（1100年）。十六岁时跋涉千里赴开封国子监拜胡瑗为师。二十二岁考中进士，官至翰林学士，大理寺丞。在内朝起草诏旨，并从事诗词创作。王观落笔成章，秦观称赞王观"高才力学，无与比者。"王观所作之词，清新典雅，可与柳永、黄庭坚媲美。曾因进赋《扬州赋》获赐"绯衣银章"。后因奉诏作《清平乐》惹恼太后，王观触霉头了，"翌日罢职"，贬为江都知县。《红芍药》这首词无疑是在其遭贬谪自号"逐客"后所作的。

无独有偶。王观《红芍药》这首词的基调恰恰与范仲淹所写的《剔银灯·与欧阳公席上分题》一词大同小异。范仲淹的词是这样写的：

"昨夜因看蜀志，笑曹操孙权刘备。用尽机关，徒劳心力，只得三分天地。屈指细寻思，争如共，刘伶一醉？

人世都无百岁。少痴騃、老成尪悴。只有中间，些子少年，忍把浮名牵系！一品与千金，问白发，如何回避？"

读王观《红芍药》一词，深感王观受范仲淹《剔银灯》一词的影响，而王观、范仲淹的两首词所共同表达的思想感情又与《古诗十九首》中"人生寄一世，奄忽若飚尘"（《之四·〈今日良宴会〉》）、"为乐当及时，何能待来兹"（《之十五·〈生年不满百〉》）、"浩浩阴阳移，年命如朝露"、"不如饮美酒，被服纨与素"（《之十三·〈驱车上东门〉》）的意境何其相似！这几首意味深长、发人深思的佳作，也可以算是感叹人生苦短，摒弃浮名，及时行乐思想的延续吧！

字典上对快乐所下的定义多半是觉得幸福或满足。可是，对于快乐，每个人都有不同的定义。

德国著名哲学家康德认为：快乐是我们的需求得到了满足。莎士比亚说："我认为世上再也没有比怀念好友更愉快的事情了。"对他而言，友谊是像阳光一样美好的东西，令人感到心情愉快。因此，拥有很多朋友便是他的快乐。

的确，对于不同的人，快乐有着不同的含义。有的人认为吃饱穿暖就是快乐，有的人认为家庭和睦就是快乐，有的人认为事业成功就是快乐……一千个人对快乐有一千个不同的定义。因为对快乐的认识不同，所以得到的快乐也不同。快乐不是客观的，而是人主观的一种感受，是不可衡量的。

其实快乐生活很简单，简单得就好像露出笑容一样。为笑而笑，这就是笑的最好理由。生活中最廉价也最为珍贵的礼物便是笑，因为它让你的生活充满阳光。

## 6. 云何,当此去,人生底事,来往如梭

——看淡一切,苦中寻乐

◎ 出处

苏轼《满庭芳·归去来兮》

◎ 原文

元丰七年四月一日,余将去黄移汝,留别雪堂邻里二三君子,会李仲览自江东来别,遂书以遗之。

归去来兮,吾归何处?万里家在岷峨。百年强半,来日苦无多。坐见黄州再闰,儿童尽楚语吴歌。山中友,鸡豚社酒,相劝老东坡。

云何,当此去,人生底事,来往如梭。待闲看秋风,洛水清波。好在堂前细柳,应念我,莫剪柔柯。仍传语,江南父老,时与晒渔蓑。

◎ 译文

归去啊,归去,我的归宿在哪里?故乡万里家难归,更何况劳碌奔波,身不由己!人生百年已过半,剩下的日子也不多。蹉跎黄州岁月,四年两闰虚过。膝下孩子,会说楚语,会唱吴歌。何以依恋如许多?山中好友携酒相送,都来劝我留下。

面对友人的一片冰心,我还有什么可说!人生到底为了什么,辗转奔波如穿梭?唯盼他年闲暇,坐看秋风洛水荡清波。别了,堂前亲种的

细柳,请父老,莫剪柔柯。致语再三,晴时替我晾晒渔蓑。

◎ 注释

"百年"句:韩愈《除官赴阙至江州寄鄂岳李大夫》"年皆过半百,来日苦无多。"此用其句。百年强半,此乃虚称。

再闰:苏轼于元丰三年(1080年)二月到黄州,元丰三年闰九月,元丰六年闰六月,故为"再闰"。

楚语吴歌:黄州在春秋战国时属楚地,三国时期属吴地,故称。

鸡豚社酒:豚,猪。社酒,祭祀神祇时所用的酒。

莫剪柔柯:此处谓要珍惜彼此的友情。

"仍传"三句:意为我现在虽然离开这里,但将来还是要回来的。

◎ 赏析

这首词,于平直中见含蓄婉曲,于温厚中透出激愤不平,在依依惜别的深情中表达出苏轼与黄州父老之间珍贵的情谊,抒发了作者在坎坷、不幸的人生历程中,既满怀悲苦又寻求解脱的心理。

宋神宗元丰七年(1084年),因"乌台诗案"而谪居黄州达五年之久的苏轼,奉命由黄州移汝州(今河南临汝)。对于苏轼来说,这次虽是从遥远的黄州调到离京城较近的汝州,但五年前加给他的罪名并未撤销,官职也仍是一个"不得签书公事"的州团练副使,政治处境和实际地位都没有任何实质上的改善。当即将离开黄州赴汝州时,他的心情是矛盾而又复杂的:既有人生失意、宦海浮沉的哀愁和依依难舍的别情,又有久惯世路、洞悉人生的旷达之怀。这种心情,十分真实而又生动地反映在词中。

上片抒写对蜀中故里的思念和对黄州邻里父老的惜别之情。词的下片，进一步将宦途失意之怀与留恋黄州之意对写，突出了作者达观豪爽的性格。苏轼到黄州，原是以戴罪之身来过被羁管的囚徒日子的，但颇得长官的眷顾、居民的亲近，加以他性情达观，思想通脱，善于自解，变苦为乐，在流放之地寻到了无穷的乐趣。

要能够在纷繁的大千世界始终保持平和的心态，就要有穷通达观的人生态度。所谓穷通达观的人生态度，就是指"穷亦乐，通亦乐"：身处贫穷之中能够找到生活的乐趣，感到快乐；身处富裕之中也能够心态平和，享受生活之乐。

名，是一种荣誉、一种地位。有了名，通常可以万事亨通，光宗耀祖。名这东西确实能给人带来诸多好处，因而不少人为了一时的虚名所带来的好处，会忘我地去追求名。

然而，虚名会让你找不到充实感，让你备感生活的空虚与落寞。尤为可怕的是，虚名在凡人看来往往闪耀着耀眼的光芒，引诱人去追逐它。尽管虚名本身并无任何价值可言，也没有任何意义，但是总有那么一些人为了虚名而展开搏杀。真正体会到生命的意义、人生的真谛的人都不会看重虚名。其实，实在没有必要为了得到一个毫无价值、毫无意义的虚名而去钩心斗角，弄得邻里打得头破血流，朋友反目成仇，兄弟自相残杀。

一个人如若形成看淡名利的人生态度，那么面对生活，他也就更易于找到乐观的一面。他所看到的是人生值得讴歌的部分，而对可望而不可即的空中楼阁没有兴趣。现代人面对着精彩世界，更应当有淡名寡欲的思想，如此方能在纷繁的世界里，在自己的心中，构筑一片宁静的田园。

一对夫妻年轻时共同创业，到了中年终于小有成就，公司净资产一千多万，而且发展势头良好。提起这对夫妻，商界的人都竖起大拇指。然而就在他们的事业如日中天的时候，两人却隐退了，他们辞去了董事长、总经理的位置，将大部分股份卖给一个他们平时就很欣赏的企业家，将房子和车委托给好朋友照管，两个人就潇洒地环游世界去了。消息传出后，大家都觉得太可惜，一些亲戚朋友也不理解，讽刺他们说："年龄这么大了，办事却像小孩子一样，那么大的家业说丢就丢，放着好好的老总不做，偏要去环游世界！"

在一些人眼里，这对夫妻确实傻得可以，竟然真的就这样抛下名利，从此以后，他们再也体验不到当老总的风光及大把大把赚钱的乐趣了。其实，这对夫妻才是真正的聪明人，他们抛弃了虚名浮利却得到了生活的真正乐趣。

其实，何必太醉心于名利，何必为了满足自己无止尽的欲望东奔西走，忙得唉声叹气。只要认真做好自己应该做的事，在知足中细细地品味生活的乐趣，你也就没有辜负自己的一生，没有白活一世。

会享受人生的人，不会在意拥有多少财富，不会在意住房大小、薪水多少、职位高低，也不会在意成功或失败，他们不会计算已经失去的东西，他们只会计算现在还剩下的东西。这个十分简单的计算法，就是选择幸福的一种智慧。

其实，人们一直疲于奔命，寻求所谓的幸福。而幸福，原本就在我们生活的不远处。只是由于人们太在意物质上的富裕，太追求一种形式化的生活，而将生活的真谛忽略了。

在生活中，我们应该始终保持乐观的生活态度，采取一种顺应命运、随遇而安的生活方式，不管是处于顺境还是逆境，我们都能过快乐的、自由自在的生活而不会庸人自扰，不会抱怨自己的命不好。

## 7. 枕上诗书闲处好，门前风景雨来佳

——生活是多姿多彩的

◎ 出处

李清照《摊破浣溪沙·病起萧萧两鬓华》

◎ 原文

病起萧萧两鬓华，卧看残月上窗纱。豆蔻连梢煎熟水，莫分茶。

枕上诗书闲处好，门前风景雨来佳。终日向人多酝藉，木犀花。

◎ 译文

两鬓已经稀疏，病后又添白发了，卧在床榻上看着残月照在窗纱上。将豆蔻煎成沸腾的汤水，不用强打精神分茶而食。

靠在枕上读书是多么闲适，门前的景色在雨中更佳。整日陪伴着我的，只有那深沉含蓄的木犀花。

◎ 注释

摊破浣溪沙：又名《山花子》。原为唐教坊曲名，后用为词牌。在唐五代时即将《浣溪沙》的上下片，各增添三个字的结句，成为"七、七、七、三"字格式，名曰《摊破浣溪沙》或《添字浣溪沙》。又因南唐李璟词《摊破浣溪沙·菡萏香销翠叶残》之下片"细雨梦回鸡塞远，小楼吹彻玉笙寒。"两句颇有名，故又有《南唐浣溪沙》之称。双调四十八字，平韵。

萧萧：这里形容鬓发华白稀疏的样子。

豆蔻：药物名。

熟水：当时的一种药用饮料。

分茶：杨万里《澹庵坐上观显上人分茶》诗"分茶何似煎茶好，煎茶不似分茶巧"，由此可见，"分茶"是一种巧妙高雅的茶戏。其方法是用茶匙取茶汤分别注入盏中饮食。

书：《历代诗余》作"篇"字。

酝藉：宽和有涵容。《汉书·薛广德传》"广德为人，温雅有酝藉。"

木犀花：即桂花。

◎ 赏析

这首词创作于作者的晚年，是一首抒情词，主要写她病后的生活情状，委婉动人。词中所述多为寻常之事、自然之情，淡淡推出，却起扣人心弦之效。此词格调轻快，心境怡然自得，观书、赏景，确实是大病初愈的人消磨时光的最好办法。"闲处好"一是说这样看书只能闲暇无事才能如此；一是说闲时也只能看点闲书，看时也很随便，消遣而已。对一个整天闲散在家的人说来，偶然下一次雨，那雨中的景致，却也较平时别有一种情趣。

　　人生中似乎困扰太多，快乐太少，你是否觉得人生本应一帆风顺，那些降临在自己身上的挫折与困难都该统统消失，否则便要怨天尤人？你是否认为众人应该友好、平等地待你，你所追求的心仪对象应该接受你，否则便会感觉沮丧或是焦虑？你是否要求自己尽善尽美地完成工作，一旦稍有失误就会自我否定或是自我谴责？

　　生活中总是难免有烦恼，有时人生的烦恼，不在于自己获得多少、拥有多少，而是自己想得到的更多。

　　有时因为想得到的太多，而自己的能力却难以达到，所以便感到失望与不满，然后就自己折磨自己，说自己"太笨""不争气"等，就这样经常自己和自己过不去，跟自己较劲。小利就是一个这样的典型。

　　人总有不顺心、不如意的时候，其实外在不是真正能主宰你的因素，真正能决定结果的是你自己。

　　比如你害怕别人说你胖，你千万次地看过自己后，决定节食减肥。面对餐桌上的诸多美食，你只能是闭着眼睛咽口水，忍受着饥饿的折磨。实在没办法时，只能是在美食面前选择逃避！几天后，身体可能是苗条了，听到了别人的赞美，此时只有你自己最清楚，体质已经下降了！一个人的快乐，不是因为他拥有得多，而是因为他计较得少！

人们常说，凡事多往好处想，才能有一个好心情。有一个人总是不顺心，可他总是能从好的一面去看问题。有一天出门，不小心掉到河里，爬上岸一看，别人都替他难过，可是他却高兴地说："嘿！真走运，口袋里还装了一条鱼。"如果你也能以这种心态去生活，你就会过得很坦然，很快乐。

人这一辈子不可能总是春风得意、一帆风顺，肯定会有许许多多不如意的事，说不定哪一天生活就会跟你开一个不大不小的玩笑，使你结结实实地撞上无情的"红灯"，或事业失败，或爱情失意等。这时候就得想开点，平淡地面对生活，多劝劝自己，千万别跟自己过不去。

如果你想不开，吃不下，睡不着，又有什么用呢？过多的烦恼和压力只会将你的心灵挤压得支离破碎。而且人体的各种器官在心情烦恼或怒火中烧的情况下会处于紧张状态，往往会引起失眠、神经衰弱等。若是长期处于忧郁状态，还会诱发其他心理疾病。

所以，人要学会对自己好一点，不跟自己过不去，要知道世上没有跨不过的沟，也没有蹚不过的河，要想得通，放得下。

那么，为什么有许多人会悲叹生命的无奈和生活的艰辛，却只有少数人能在有限的生命中活出自己的快乐呢？这是因为，快乐主要取决于一种心态，特别是如何善待自己的一种心态。

其实，静下心来仔细想想，生活中的许多事情，并不是因为你的能力不强，恰恰是因为你的愿望不切实际。要知道一个能力超强的人也并非具有做任何事情的才能，这样想时才不会强求自己去做一些你根本做不到的事情。

在生活中，我们应该时常肯定自己，努力做好我们能够做好的事情！只要尽力而为了，心中也就坦然了，即便在生命结束的时候，也能问心无愧地说："我已经尽了自己最大的努力，我是无愧于心的。"

在生活中，我们还应该时常换个角度看问题。生活中的种种困境和不幸也许遮住了你的视线，让你看不到生活中的光明。但如果你换一个角度去想，你会惊奇地发现，世界一片光明，大自然充满无限的生机与活力。

生活是多姿多彩的，活着就是要品尝生活的百味，所以，不要钻牛角尖，更不要跟自己过不去。

如果你觉得不开心，那就学会自己去寻找生活中的快乐。其实获得快乐的方法也很简单，比如早晨醒来睁开眼睛看着天花板，你可以用快乐的心去感受那纯净的白色；上午在窗前读一本文采飞扬的书，你可以用快乐的心去体味书中的感动；下午坐在摇椅上，你可以用快乐的心去触摸太阳的温暖；黄昏到楼下茶馆里品一杯醇香的红茶，听一曲悠扬的旋律，你可以用快乐的心去迎接黑夜的来临；晚上给家人煮一锅又鲜又香的排骨汤，你可以享受到付出的快乐。

## 8. 此心安处是吾乡

——心静如水，随遇而安

◎ 出处

苏轼《定风波·南海归赠王定国侍人寓娘》

◎ 原文

王定国歌儿曰柔奴，姓宇文氏，眉目娟丽，善应对，家世住京师。定国南迁归，余问柔："广南风土，应是不好？"柔对曰："此心安处，便是吾乡。"因为缀词云。

常羡人间琢玉郎，天应乞与点酥娘。尽道清歌传皓齿，风起，雪飞炎海变清凉。

万里归来颜愈少，微笑，笑时犹带岭梅香。试问岭南应不好，却道：此心安处是吾乡。

◎ 译文

常常羡慕这世间如玉雕琢般丰神俊朗的男子，就连上天也怜惜他，赠予他柔美聪慧的佳人与之相伴。人人称道那女子歌声轻妙，笑容柔美，风起时，那歌声如雪片飞过炎热的夏日使世界变得清凉。

你从遥远的地方归来却看起来更加年轻了，笑容依旧，笑颜里好像还带着岭南梅花的清香；我问你："岭南的风土应该不是很好吧？"你却坦然答道："心安定的地方，便是我的故乡。"

◎ 注释

定风波：词牌名。一作《定风波令》，又名《卷春空》《醉琼枝》。双调六十二字，上片五句三平韵，二仄韵，下片六句四仄韵，二平韵。

王定国：王巩，作者友人。

寓娘：王巩的歌妓。

玉郎：是女子对丈夫或情人的爱称，泛指青年男子。

点酥娘：谓肤如凝脂般光洁细腻的美女。

皓齿：雪白的牙齿。

炎海：喻酷热。

岭：指大庾岭，沟通岭南岭北的咽喉要道。

试问：试着提出问题，试探性地问。

此心安处是吾乡：这个心安定的地方，便是我的故乡。

◎ 赏析

这首词中以明洁流畅的语言，简练而又传神地刻画了寓娘外表与内心相统一的美好品性，通过歌颂寓娘身处逆境而安之若素的可贵品格，抒发了作者在政治逆境中随遇而安、无往不快的旷达襟怀。

一提随遇而安，人们就觉得是得过且过、苟且偷生，是逆来顺受、不思进取，其实随遇而安也包含着不论处于何种境界都能保持一颗平常心，悠然自得，安之若素，保持心态平和安然之意。

在人生的旅途中，一个人如果习惯把自己所遇到的每件东西都背上，身上负重，这样就会感觉到非常累，说不定哪天会因身负如此沉重的东西而停止不前或倒地不起。

适当放弃是一种跨越，学会适当放弃，你就具备了成功者的素质。

拿得起是一种勇气，放得下是一种肚量。对于人生道路上的鲜花、掌声，有智慧的人大都能等闲视之，屡经风雨的人更有自知之明。但对于坎坷与泥泞，能以平常之心视之，就非常不容易。大的挫折与大的灾难，能不为之所动，能坦然承受，则是一种胸襟和肚量。

可是现实生活中的我们面对拥堵的马路，匆忙的脚步，四周蔓延的紧张气氛，就会不由自主的快一拍，感到紧张、心慌、头晕，常觉得自己活得很累，可是又不由自主地加快生活的步调，就怕赶不上别人。这使得越来越多的人变得只重视一件事情的最终结果，而忽视好好地享受与体味人生那丰富的过程，就像一个匆忙中咽下的三明治，没有细细品味它的味道，就已经离我们越来越远。很多时候，我们仿佛只在活着，而不是在生活。

如果我们能掌控生活的速度，知道什么时候可以放下，什么时候要加快脚步，什么时候必须驻足，什么时候又该跃起，我们就不会因为一路快跑追赶而忽略了道路两旁美丽的风景和本该细细品尝的生活滋味，也不会因为忘了停下脚步而错过身旁关怀的目光和暖人的爱意。

每个人都会有得意、失意的时候，世上没有一条笔直又平坦的路，何必痴求事事如意呢？如若烦忧相加、困扰接踵，对身心只能有害无益。

我们应该保持心静如水、乐观豁达，让一切随风而来，又随风而去，且须从心底经常及时剔除，心房常常"打扫"，方能保持清新亮堂。正如我们每天打扫卫生一样，该扔的扔，该留的留。心灵自然会释然，继而做到胸襟开阔，积极向上，在人生之路上走得更潇洒。

生活中，有时不好的境遇会不期而至，搞得我们猝不及防，此时我们更要学会放得下。

诗人泰戈尔说过："当鸟翼系上黄金时，就飞不远了。"放得下是生活时时处处应面对的清醒选择，学会放得下才能卸下人生的种种包袱，轻装上阵，安然地对待生活的转机，度过人生的风风雨雨。

智者曰："两弊相衡取其轻，两利相权取其重。"

人生如戏，每个人都是自己生命唯一的导演，只有学会选择和放得下的人才能够彻悟人生，笑看人生，拥有海阔天空的人生境界。

在许多时候，我们都会讨论一个共同而永久的话题："人的一生该怎样才能够让自己拥有快乐？"从乡野莽夫到名人圣贤，不同经历的人都会有各自独特精辟的观点："有的人会以舍生取义、精忠报国为乐，有的人会以不断进取来实现自己的理想为乐，也有的人会以不择手段来满足一己之欲为乐……"其实一个人要想获得真正的快乐，只有卸下装在身上的包袱，用心来体验快乐才是真正的快乐。

尽管人生短暂但却如此的美妙和精彩，那就让我们的身心减少些包袱，只有卸下了种种包袱，轻装上阵，从容地等待生活的转机，不断有新的收获，踏过人生的风风雨雨，懂得放手和享有，才能拥有一个成熟的人生，活得更加充实、坦然和轻松。

# 第二章 知足境界：懂得知足，方能常乐

懂得知足方能常乐，就好像纪晓岚的老师陈伯崖所写的一副对联『事能知足心常惬，人到无求品自高』。人的欲望是无止境的，过分膨胀自己的欲望只会让心灵疲惫痛苦，因为生命难以承受其重。

# 1. 称心如意，剩活人间几岁

## ——欲望是永无止境的

◎ **出处**

朱敦儒《感皇恩·一个小园儿》

◎ **原文**

一个小园儿，两三亩地。花竹随宜旋装缀。槿篱茅舍，便有山家风味。等闲池上饮，林间醉。

都为自家，胸中无事。风景争来趁游戏。称心如意，剩活人间几岁。洞天谁道在，尘寰外。

◎ **译文**

一个两三亩地的小园儿，随方位地势之所宜，随品种配搭之所宜，栽花种竹，点缀园子。槿树篱笆茅草房屋，便有了山家的风味。栽花艺竹之余，词人小具杯盘，徐图一醉。

总却世事营营，胸中没有半点挂虑，自然容易心与景相通，感受到外间景物欣然自得，好像都争先恐后来取悦于人似的。称心如意地度过余日无多的暮景。在这个人间仙洞里度此余年，就好像在尘世之外。

◎ **注释**

感皇恩：唐教坊曲名。双调六十七字，前后段各七句，四仄韵。

随宜：按方位地势安排。

旋：很快。

槿篱：以槿树枝做成的篱笆。槿，槿树。

趁游戏：趁机游戏人间取悦人们。

洞天：道教语，用以称神仙所居的洞府。

尘寰（huán）：尘世。

◎ 赏析

一个小园子，两三亩地，作者如话家常一般谈论自己的生活，透露出一丝清心寡欲和知足常乐的坦然。作者在自己的一亩三分地里种上鲜花和竹子，俨然一派园林之风，他又在园子周围插上一圈整齐的篱笆，再加上一间茅草屋，带着几许山里人家的味道。

作者用词匠心独运，整个上阕既没有用优美的辞藻加以修饰，也没有用一字一词来形容自己的喜怒哀乐。这些平实自然的语句，烘托出一种远离世俗喧嚣的隐逸情感，一花、一竹、一篱、一舍，勾勒出一幅城郭依山峦、茅舍傍流水的田园画，令人心旌荡漾。

每日畅游在自己的小园子里，品品躬耕之乐，不为红尘世事劳心伤神，闲来无事的时候在池边饮上几杯美酒，醉于形更醉于心。在静谧恬静的山林里每日围绕自己过活，心中没有任何牵挂，迷人的风景也争先恐后地映入眼帘。作者抛去周遭庞杂的污秽和杂念，只管循迹山林，沉醉于山水，感受心灵与大自然的契合。

作者在下阕为如何度过余生做出了回答："洞天谁道在、尘寰外。"人生过半，剩下的每寸光阴，作者都打算在这至真、至善、至美的人间"洞天"度过，怡然自得、自娱自乐的满足感跃然纸上。全词从头到尾宏观抒情，微观落笔，作者对山水的眷恋溢于言表。词中的一字一句淡雅温馨，洋溢着超然和闲适，让人在体味到心平气和的同时，也憧憬起那生机勃勃的山林生活。

欲望是永无止境的，欲望越大，烦恼也会随之增多。人的一生无论你的物质生活充实或贫乏，只要你有一颗满足的心，就会得到快乐。其实人心是难以满足的，但是拥有一颗不知足的心会给你带来痛苦和伤害。

为了使自己活得更快乐，不管我们现在是身无分文，还是腰缠万贯，都应该学会"知足者常乐"这个简单的道理。知足的人才能更好地体味人生，享受生活。

## 2. 粗衣淡饭，赢取暖和饱

——知足才能常乐

◎ 出处

曹组《相思会·人无百年人》

◎ 原文

人无百年人，刚作千年调。待把门关铁铸，鬼见失笑。多愁早老。

惹尽闲烦恼。我醒也,枉劳心,谩计较。

粗衣淡饭,赢取暖和饱。住个宅儿,只要不大不小。常教洁净,不种闲花草。据见定、乐平生,便是神仙了。

◎ 译文

人活一生不满百岁,都是匆匆过客,何苦要把自己搞得心力交瘁,烦恼无边呢?人活着不需要费尽心机追求锦衣玉食,只要有粗茶淡饭能够解决温饱就够了;也不需要拼命地去追求高大宽敞的房屋,只要有一间不大不小干净整洁的屋子能够遮风避雨就足够了。一切东西都是生不带来,死不带去的,何苦让欲望把自己压得喘不过气来呢!曹组说,人世间如果有谁能懂得知足常乐这个道理就赛过神仙了。

◎ 注释

千年调:1.长远之计。元秦简夫《东堂老》第一折:"想着这半世勤劳,也枉做下千年调。"《醒世姻缘传》第九十二回:"我只道你做了千年调,永世用不着儿孙。"2.词牌名。双调,仄韵。辛弃疾有《千年调》词二首。原名《相思会》,因曹组词有"刚作千年调"句,故改名。

◎ 赏析

知足常乐是一种处世哲学。人若想常乐,莫过于知足,倘若欲望无限,将永难满足,将永难体味人生的许多乐趣,或为欲望所累,甚至触犯法律接受法律的制裁。知足常乐,不要奢望太多、欲望太多,否则生命就会难以承受其重,让你终生无法轻松。想要更多的财富,想要更好的生活,这些都无可厚非,我们可以为此努力,但时刻要记住财富、权力与快乐并不成正比。唯有知足才是获得快乐的绝妙法宝。

知足常乐，没有过多的非分之想，就没有必要仰人鼻息，看人脸色，就没有必要去摧眉折腰、卑躬屈膝。知足常乐，对事情达观释然，坦然面对，向内能摆脱烦恼和压力，发现心灵的轻松与快乐，向外能看到一个美好和谐的世界。懂常乐，自然也能获得知足。

这首词告诉我们知足常乐是一种心境、一种感悟，更是人生之至理，生存之智慧。

懂得知足方能常乐，就好像纪晓岚的老师陈伯崖所写的一副对联"事能知足心常惬，人到无求品自高"。人的欲望是无止境的，过分膨胀自己的欲望只会让心灵疲惫痛苦，因为生命难以承受其重。

慈禧太后可谓享尽荣华富贵，平日用餐有100多道菜肴，既有权力，又有威严，各种物质的、情欲的，她都不缺，但她满足吗？幸福吗？不！她比更多人受到了煎熬，甚至死后也不得安眠。

民国时期，军阀孙殿英炸开东陵，劫盗皇室陪葬珠宝。东陵被盗后，地宫内到处是残棺烂木碎衣破衫，珍宝被洗劫而空，慈禧的尸身被扔在地宫的西北角，伏在破棺椁盖上，脸朝下，双手反扭搭在背上，长发披散，遍体霉变生白毛，因含了夜明珠被盗宝者硬挖狠扯，口角已被撕烂，惨不忍睹。

这位生前统治了中国半个世纪之久，只要跺一跺脚，大地就要颤三颤的女独裁者，无论如何也不会想到死后会被糟践到如此地步。不过这场劫难完全是慈禧自己穷奢极欲造成的后果。据她的贴身大太监李莲英记录，慈禧尸身入棺前，棺底、棺头、棺尾以及身上佩带的珍宝不计其数，仅用于填补尸身与棺的空隙而倒入的珍珠就有四升，红、蓝宝石2200多块。据盗墓贼孙殿英说，棺盖一打开，满棺珍珠宝贝大放异彩，夺去了手电筒的亮光。慈禧口中含有一颗硕大的夜明珠，这颗珠子分开是两块，合拢则是一个圆球，分开时透明无光，合拢时则透出一道绿色的寒光，夜间在百步内可以照见头发。

试想，当初慈禧还是民女时，她有这么大的欲望吗？这欲望不是随着权力的增加和一点点的满足后而逐渐膨胀的吗？

明代严嵩是一个众人皆知的大奸臣了，和儿子严世蕃一起鬻官卖爵、贪污受贿，胃口越来越大。当罪行败露被抄家时，曾留下一份记录。这份长达数十页的记录，使我们知道一个人在蜕变中贪欲会有多大，里面记载的金银财宝不计其数，简直是天文数字。仅以书画为例，所藏宋代刻本达上百种，而每一种当时就值数百两甚至上千两银子。严嵩被抄家后，曾向皇帝说："还我一领青衫吧。"就是说：让我继续作个普通读书人吧。严嵩少年时刻苦读书，清贫自守，诗文名满天下，是越来越大的权力使他走上腐化堕落之途啊！

孟子道："养心莫善于寡欲：其为人也寡欲，虽有不存焉寡矣；其为人也多欲，虽有存焉寡矣。"面对难填的欲壑，我们应尽量享受已有的。这样生活就会是真实的，富有质感的。

人有想拥有更多的念头不为错，但这世间美好的东西实在是太多了，我们总希望让尽可能多的东西为自己所拥有，殊不知在你贪婪的占有中，你的心灵也被腐蚀掉了。其实，我们拥有生命和快乐已是最大的拥有，又何必贪求太多呢？贪婪的最后结果只能是一无所有。

欲望越多，痛苦也越多。人心不足蛇吞象，想想蛇吞象的样子，会是一种什么感受——咽不进，吐不出，要多别扭有多别扭。什么都想要，最后可能什么也得不到，反而一辈子将自身置于忙忙碌碌、钩心斗角之中。这样活着，未免太累！《论语》里孔子赞美颜回"一箪食，一瓢饮，在陋巷，人不堪其忧，回也不改其乐。"如果少一些欲望，是不是也会少一些痛苦呢？

人生如白驹过隙一样短暂，生命在拥有和失去之间悄悄地流逝了。如果你失去了太阳，你还有星光；失去了金钱，你还有亲情；当生命也离开你的时候，你还会拥有大地的亲吻。

拥有时加倍珍惜，失去了，就权当是接受生命真知的考验，权当是坎坷人生的奋斗诺言。拥有诚实就会丢弃虚伪，拥有充实就会丢弃无聊，拥有踏实就会丢弃虚浮。

## 3. 稻花香里说丰年，听取蛙声一片

——快乐是自己的事情

◎ **出处**

辛弃疾《西江月·夜行黄沙道中》

◎ **原文**

明月别枝惊鹊，清风半夜鸣蝉。稻花香里说丰年，听取蛙声一片。

七八个星天外，两三点雨山前。旧时茅店社林边，路转溪桥忽见。

◎ **译文**

天边的明月升上了树梢，惊飞了栖息在枝头的喜鹊。清凉的晚风仿佛传来了远处的蝉叫声。在稻花的香气里，人们谈论着丰收的年景，耳边传来一阵阵青蛙的叫声，好像在说着丰收年。

天空中轻云飘浮，闪烁的星星时隐时现，山前下起了淅淅沥沥的小雨。从前那熟悉的茅店小屋依然坐落在土地庙附近的树林中，山路一转，曾经那记忆深刻的溪流小桥呈现在眼前。

◎ **注释**

西江月：词牌名。

黄沙：黄沙岭，在江西上饶的西面。

别枝惊鹊：惊动喜鹊飞离树枝。

鸣蝉：蝉叫声。

旧时：往日。

茅店：茅草盖的乡村客店。

社林：土地庙附近的树林。社，土地神庙。古时，村有社树，为祀神处，故曰社林。

见：同"现"，显现，出现。

◎ 赏析

这是宋代词人辛弃疾的一首吟咏田园风光的词。阅读这首词，要注意时间和地点。时间是夏天的傍晚，地点是有山有水的农村田野。这首词描写的是人们熟悉的月、鸟、蝉、蛙、星、雨、店、桥，然而作者却把这些形象巧妙地组织起来，让我们感受到一种恬静的美。

单从表面上看，这首词的内容不过是一些看来极其平凡的景物，语言没有任何雕饰，没有用一个典故，层次安排也完全是听其自然，平平淡淡。然而，正是在看似平淡之中，却有着作者潜心的构思，淳厚的感情。在这里，读者也可以领略到稼轩词于雄浑豪迈之外的另一种境界。作者笔下这一个个画面，流露出作者对丰收之年的喜悦和对农村生活的热爱。这正是作者忘怀于大自然所得到的快乐。

世上没有绝对不幸福的人，只有不快乐的心。你必须掌握好自己的心舵，下达命令，来支配自己的命运。

你是否能够对自己的心下达命令呢？倘若生气时就生气，悲伤时就悲伤，懒惰时就偷懒，这些只不过是顺其自然，并不是好的现象。"妥善调整过的自己"，比什么都重要。任何时候都必须明朗、愉快、欢乐、有希望、勇敢地掌握好自己的心舵。

有一个人夜里做了一个梦，在梦中他看到一位头戴白帽、脚穿白鞋、腰佩黑剑的壮士向他大声叱责，并向他的脸上吐口水……于是他从梦中惊醒。

第二天，他闷闷不乐地对他的朋友说："我自小到大从未受过别人的侮辱。但昨夜梦里却被人骂并吐了口水，我心有不甘，一定要找出这个人来。"

于是，他每天起来便站在往来熙攘的十字路口寻找梦中的敌人，但他始终没有找到这个人。

人常常会假想一些敌人，然后累积许多仇恨。你是不是心中也怀着一股怒气呢？要知道这样受伤害最大的是你自己，何不看开点，放自己一马呢？莎士比亚曾告诫我们："使心地清静，是青年人最大的使命。"

快乐是自己的事情，只要愿意，我们可以随时调换手中的遥控器，将心灵的视窗调整到快乐频道。

## 4. 浮云出处元无定，得似浮云也自由

——有一种智慧叫"放弃"

◎ 出处

辛弃疾《鹧鸪天·欲上高楼去避愁》

◎ 原文

欲上高楼去避愁，愁还随我上高楼。经行几处江山改，多少亲朋尽白头。

归休去，去归休。不成人总要封侯？浮云出处元无定，得似浮云也自由。

◎ 译文

想到高楼上观看美景躲避忧愁，忧愁还是跟着我上了高楼。我走过好几个地方，江山都已面目全非，许许多多亲戚好友都已白了头。

回家退休吧，回到家中去退休。难道个个都要到边塞去立功封侯？浮云飘去飘来本来没有固定之处，我能够像浮云那样随心来去，该有多么自由。

◎ 注释

鹧鸪天：词牌名，又名《思佳客》，双调，五十五字，上、下片各三平韵。

经行：经过。

白头：头发变花白。

归休去：退休、致仕。去，语助词。

不成：反诘词，难道。

出处：指出仕与隐处，做官与退隐。

元：同"原"。

得似：真是，宋元间口语。

◎ 赏析

上片主要抒发时光易逝的忧愁。于是，过片再进一层，揭示了导致其时间之愁的更直接的愁苦即功业难成之愁。他以感情强烈的语言反复其意与反问自己：说归去吧，还是归去吧，难道人一定要到封侯才肯罢休不成？意谓自己不必要等到做出封侯的功业才可归隐。实际上，它传达出了作者无法做成可封侯的大功业的愁苦。这样，上下片就由这两种愁苦连成浑然的一体。这首词在表情达意上，采用层层剥笋的见心法，由愁—时间之愁—功业难成之愁—游宦成羁旅之愁，这样就由远而近，填充了越来越具体的生命痛苦：通过他的"剥笋"法抒情，越来越清晰地表现了他愁苦的来处。其总体艺术风貌是感情浓郁、措辞生动、文理自然而兼变化之趣。此外，因为暗喻的巧妙运用，这首词显示了深厚的韵味。

在长久的官场生涯中，作者看透了其间尔虞我诈的种种现实。在仕宦与归隐的得失之间，他思之筹之，不得要领，因而愁绪百结，久不能脱。作者最终思考的结果是，选择自由自在的生活，放弃仕宦生涯。这首词即是在这样的背景下创作的。

在我们的人生旅途中，时时刻刻都在面临放弃与否的选择。但你必须明白，并不是所有的探索都能发现鲜为人知的奥秘；并不是所有的跋涉都能抵达胜利的彼岸；并不是每一滴汗水都会有收获；并不是每一个故事都会有完美的结局。因此，我们应该学会放弃，明白这点，也许你就会在失败、迷茫、愁闷、面临"心苦"时，找到平衡点，找回自己的人生坐标。

拿起容易放下难，这是人的一种本性。而成功的人之所以能够成功，就是因为他们战胜了人的这种本性，做到了勇于拿起，也懂得放下的境界。有了这种淡定的心态，成功也就不再是那么遥不可及的事情。

"放得下"就是遇到"千斤重担压心头"时能把心理上的重压卸掉，使之轻松地活。生活中不顺心的事十有八九，要做到事事顺心，就要拿得起放得下，不愉快的事让它过去，不要放在心上。其实，放得下不仅是一种觉悟，更是一种解脱。

"做人要拿得起放得下"，可以看做是一个人立身于世所必备的基本能力和素质，也可以看成是关键时刻所表现出来的个性与态度。它大到可以决定一个人命运的战略举措，小到关乎一个人日常生活的每一个细节。它既包括获取物质财富的绝妙策略，也包括对自我精神的完美塑造。可以说无数成功人士都是精于做人之道的高手，他们纷纷将成就归功于做人拿得起放得下的策略。没有舍，就不会有得，这是他们获得成功的最重要的经验。

生活并不是一帆风顺的，很多时候我们需要学会放手，放手不代表对生活的失职，它也是人生中的契机。然而，学会放手要比学会握紧更难,因为那需要更多的勇气。

总的来说,放弃是一种睿智,是一种豁达,是一门学问,放弃是对美好事物发展的又一个开始,是新的起点,是错误的终结。它不盲目,不狭隘。放弃,对心境是一种宽松,对心灵是一种滋润,它驱散了乌云,它清扫了心房。有了它,人生才能有爽朗坦然的心境;有了它,生活中才会阳光灿烂。所以,朋友们,把包袱卸下,放开你心里的风筝线,不要让风筝把心带走,让你的心和风筝一样自由地翱翔!别忘了,在生活中还有一种智慧叫"放弃"!

## 5. 碧云笼碾玉成尘,留晓梦,惊破一瓯春

——培养幸福快乐的心态

◎ 出处

李清照《小重山·春到长门春草青》

◎ 原文

春到长门春草青,江梅些子破,未开匀。碧云笼碾玉成尘,留晓梦,惊破一瓯春。

花影压重门，疏帘铺淡月，好黄昏。二年三度负东君，归来也，著意过今春。

◎ 译文

春天已到长门宫，春草青青，梅花才绽开，一点点，未开匀。取出笼中碧云茶，碾碎的末儿玉一样晶莹，想留住清晨的好梦，呷一口，惊破了一杯碧绿的春景。

层层花影掩映着重重门，疏疏帘幕透进淡淡月影，多么好的黄昏。两年第三次辜负了春神，归来吧，说什么也要好好品味今春的温馨。

◎ 注释

长门：长门宫，汉代宫名。汉武帝的陈皇后因妒失宠，被打入长门宫。这里以"长门"意指女主人公冷寂孤独的住所。

些子：少许。

破：绽开、吐艳。

碧云：指茶团。宋代的茶叶大都制成团状，饮用时要碾碎再煮。碧，形容茶的颜色。

笼碾：两种碾茶用具，这里作为动词用，指把茶团放在各种器皿中碾碎。

玉成尘：把茶团碾得细如粉尘。这里"玉"字呼应"碧"字。

留晓梦：还留恋和陶醉在拂晓时分做的好梦中。

一瓯春：指一盂茶。瓯，盆、盂等盛器。以春字暗喻茶水，含蕴变得丰富。春茶，春醪，春水，春花，春情，春天的一切美好之物，均含在面前这一瓯浓液之中。

二年三度：指第一年的春天到第三年的初春，就时间而言是两年或两年多，就逢春次数而言则是三次。

东君：原指太阳，后演变为春神。词中指美好的春光。

◎ 赏析

作品的开头描绘出初春的好景象："春到长门春草青，江梅些子破，未开匀。"作者寥寥数笔，就勾勒出一派新春景象，显示了春天的勃勃生机，为全词定下了基调。

"碧云笼碾玉成尘，留晓梦，惊破一瓯春。"碧云笼碾，即碾茶。宋人吃茶都是先碾后煮。碧云是形容茶色。春天的景色如此美好，它使作者为之陶醉。她兴致勃勃地取出名贵的"碧云"茶团，碾碎煎煮。作者本想一边品茗，一边回味早晨的梦境。哪知一经重温"晓梦"，惊破了品尝茶香的雅兴。"惊破一瓯春"的"春"字，语意双关，不仅形容出茶色的纯正，香气的馥郁，更暗示了作者的"晓梦"与一种春景春情有关。

作者描绘的初春好景图，给人一种幸福快乐的味道。其实，幸福快乐的秘密就在每个人的心中，每个人都具备使自己幸福快乐的资源，只是许多人没有把这些快乐幸福资源用好而已。

在我们的生活中，为什么有的人很幸福，而有的人却很痛苦呢？有的人即使大富大贵了，别人看他很幸福，可他自己却身在福中不知福，心里老觉得不快乐；有的人，别人看他离幸福很远，但他自己却时时与快乐邂逅。这其中的根本区别就在于一个人是具有积极心态，还是具有消极心态。

幸福与否完全取决于你的心态，你想幸福，你随时都可以幸福，没有谁能够阻拦得了你。

人生的幸福在哪里？拿破仑得到了世界上绝大多数人渴望拥有的荣誉、权力、金钱、美色，但他却说："我这一生从来没有过一天幸福的日子。"海伦·凯勒又聋、又瞎、又哑，可她却说："生活是这么美好。"

可见，人的幸福与否完全是由自己的心态决定的！

心理学理论告诉我们：人一旦以为自己处于某种状态他就自觉不自觉地顺从于这种状态，这种状态就会愈发明显。

比如有些小孩本来不难过，但一哭起来，却越哭越伤心，就是这个道理。

当你认为自己很可怜很不幸，让痛苦爬满额头，你的生活就会真的很痛苦；如果你相信自己很快乐很幸福，并且快乐幸福地去生活，那么你的生活也就真的会很快乐很幸福。幸福的源泉就在你心中，它取之不尽，用之不竭。

期望获得幸福者应采取积极的心态，这样幸福就会被吸引到他们身边。而那些态度消极的人不仅不会吸引幸福，相反还会排斥幸福，当幸福悄然降临到他们身边时，他们可能毫无觉察，丝毫体会不到幸福的感觉。

那么，如何培养幸福的心态呢？

（1）让快乐成为一种习惯

人们之所以会制造自己的不幸，其主要原因是自己心中存有习惯性的不幸想法。例如，总是认为一切事情都糟透了，别人拥有非分之财，我却没有得到应得的报酬等消极的情绪。

此外，不幸的想法往往会把一切怨恨、颓丧或憎恶的情绪深深地刻在自己的心底，于是感觉不幸变得愈加沉重。而当喜讯降临时，他们会说："这样快乐是不对的。"因为他们已经习惯往日的忧郁与悲伤，反而不习惯幸福与快乐的心情。他们依然沉湎于以前那些沮丧、悲伤及不愉快的心境。

墨菲博士指出："如果你希望幸福快乐，重点在于你必须真诚地渴望幸福快乐。"

有一名农夫似乎时时刻刻都在唱歌、吹口哨，并且充满幽默感。有人问他，他的快乐秘诀究竟是什么，他的回答是这样的："快快乐乐，是我的习惯。"

我们敢说，这个农夫同大多数人并没有太大的不同，只是他把快乐当成了一种习惯，而感觉不到幸福之人的习惯却是无休无止的抱怨。

因此，如果你想获得幸福，首先要养成幸福的习惯。在内心微笑，并使这种感觉成为你的一部分。同时为自己创造一个幸福世界，盼望着每一天的到来。即使有时乌云会遮住阳光，那也是暂时的，不久仍然会晴空万里。

当问题来临时，与其坐在那冥思苦想，怨天怨地，不如焕发精神一面吹着口哨，一面寻求解决问题的方法。

养成快乐的习惯，还要学会开怀大笑。有太多的人已经忘掉如何开怀大笑，有时甚至忘了以前是否这样笑过。

开怀大笑能给人以轻松自在的感觉。真正的开怀大笑，能洗涤心中的杂念。它是你的成功本能的一部分，能够使你迅速感受到生活中的快乐。

有时候，当你对某件失败的事情感到沮丧时，不妨想想过去的成就，以及发生在别人身上的一些有趣的事，再把头往后仰起——不要害怕——然后哈哈大笑，把你的全部感情投入笑声中，或许你会觉得好过些。

（2）心中想到幸福眼前就会充满幸福

金钱是好东西，但金钱并不能买到幸福，没有钱的你却一样可以获得快乐。

只要你想获得快乐，你便会发现整个世界充满了幸福——你将会享受早餐的每一口，享受清晨的风带给你的神清气爽。

在我们这个不完美的世界里，也有很多美好的事物，关键是你要用寻求满足的眼光去看。

史蒂文森在诗中写道："这个世界多彩多姿，我深信，我们应该快乐如君王。"

每一个人都可以做快乐的君王，但是在通往幸福的道路上不可能是一帆风顺的，阻碍是一定会有的。如果你要抱怨的话，应该想想自己有没有资格去抱怨。我想这个世界上最有资格抱怨的人之一应当是海伦·凯勒了。她一生下来便是聋、哑、盲，世上所有的不幸似乎全都降临到她一个人的身上了，她失去了与周围人进行正常交际的能力，只有她的触觉帮助她把手伸向别人，体验爱人与被爱的幸福。但是她却说："这个世界真美好。"

如果你喜欢对自己说：

"事情进行得不顺利。"

"我总是这样不顺。"

"倒霉的事为什么总落在我头上。"

如此一来，你一定会变得"不幸"。相反，如果常对自己说：

"事情进行得非常顺利。"

"生活也相当舒适。"

"我的生活真幸福。"

这样一来，你将得到自己所选择的幸福，所谓幸福的感觉完全在于自己的心态。

有人说儿童是幸福的专家，成年人每每羡慕他们的天真无邪、无忧无虑。那么，我们成年人为什么不能像儿童那样，虽然无法天真，但却可以选择无邪、无忧、无虑，如果我们能学会儿童这种特有的幸福感，我们的精神就不会衰老、迟钝或疲倦，我们就会永葆幸福。

（3）消除悲观消极的思想

如果有一群蚊子闯入你的家中，你肯定要想尽办法驱除它们，绝对不会同意它们与你同住，吸你的血，骚扰你的安宁。消极思想如悲观、恐惧、忧虑、憎恨等就如同蚊子一样必须从你的大脑中驱除，你才会感到舒适、幸福。

就像人可以通过美容手术来获得外表的美丽一样，人也可以用乐观积极的思想取代头脑中的忧虑、恐惧、憎恨等悲观消极的思想，以获得幸福的人生。

想要消除悲观消极的思想，不妨从以下几方面做做：

①做事可以令你感到快乐——只要你选择自己喜欢的活动，并且不是为了获取别人的称赞才这样做。没有人能够告诉你做什么，只要你自己喜欢什么就做什么。

②不要让不实际的忧虑侵蚀了你。当消极思想侵入你脑中时，即刻向它们宣战。问问你自己，为什么拥有幸福权利的你，却必须在清醒时刻受到恐惧、忧虑与怨恨的苦恼。向这些狡诈的邪恶思想宣战，并要战胜它们。

③强化你的自我心像，想象自己正处于最佳的状态中，并对自己稍加赞赏。同时想想你以前的快乐时光与引以为豪之处。幻想将来愉快的经验，重视你自己。这些对于消除悲观消极的思想都有一定的作用。

如果你希望生活得幸福快乐，首先要真诚地渴望幸福快乐，就这么简单。

# 6. 醉卧古藤阴下,了不知南北

## ——安心享受自己的生活

◎ **出处**

秦观《好事近·梦中作》

◎ **原文**

春路雨添花,花动一山春色。行到小溪深处,有黄鹂千百。

飞云当面化龙蛇,夭矫转空碧。醉卧古藤阴下,了不知南北。

◎ **译文**

一场春雨,给山路上增添了许多鲜花,鲜花在风中摆动,又给满山带来了盎然春色。我走到小溪深处,无数黄鹂飞跃啼鸣。

天空中飞动的云彩在眼前千变万化宛如奔腾的龙蛇,在碧空中屈伸舒展,十分自如。这时,我正醉卧古藤阴下,朦胧迷离,全然不知南北东西。

◎ **注释**

龙蛇:似龙若蛇,形容云彩变化多端,快速移动。

夭矫:屈伸貌。

了不知:全不知。

◎ **赏析**

这首词如词题所示,是写梦境。这是秦观当年寓居处州择山下隐士毛氏故居文英阁所作，词中生动形象地描写了一次梦中之游的经过。该词上阕写梦中漫游在一条铺满鲜花的山路上，春雨过后，满山的鲜花好像是春雨给添上去的，花枝摇曳，让人感到满山的春色。走到小溪深处，惊起一群黄莺在林间清脆地鸣叫。下阕接着写向上望去，只见碧空如洗，云彩在身边飘飞，云雾升腾如舒展的龙蛇飞舞到了碧空之中。这样一个美妙无比的仙境，作者不忍离去，于是醉卧于古藤阴下，完全陶醉其中，在梦中进入无我的人生境界。在这首词中，作者把复杂的生活体验和内心感受升华为一种奇特的景象，反映了他对社会人生的看法。后人对此词多加赞赏，认为这首词在优美的艺术形象中含有深刻的哲理。当然，不同的人对此会有不同的理解。在这里，我们不妨借用此词来描绘到达人生完美境界的美妙和恬淡自适的心境。

不断地拿自己与别人相比，是一种不可取的心态，它将会对你的自我形象、自信以及你取得成功的能力产生负面影响。毕竟人与人之间能力有大小、学问有高低、财富有多寡，当我们比不过别人的时候，就会在心里产生失落和不满，俗话说："人比人气死人。"我们应当摒弃这种攀比心理，过自己的生活。

很多人都有和人攀比的习惯，比能力、比地位、比才学，好像没有比较，就不知道自己有多重要，没有比较，一切成功都是枉然一样。

有一个爱和别人比较的妻子对丈夫说："我们绝对不能输给别人，你看你的同事小李，他职位不比你高，能力你们旗鼓相当，因此他有什么我们也一定要有。记住了吗？我问你，你知不知道他家最近又添了什么？"

丈夫回答:"他最近换了一套新家具。"

太太说:"那我们也要换套新家具。"

丈夫又说:"他最近买了一辆新车。"

于是太太又说:"那你也应该马上买一辆啊!"

丈夫接着又告诉太太:"小李他最近……最近……算了,我不想说了。"

太太马上大声追问:"为什么不说,怕比不过人家呀!快点说!"

丈夫便小声地跟妻子说:"小李他最近换了一个年轻漂亮的妻子!"

太太没有话说了。

这个太太是很可笑的,什么都要和人家攀比,直到最后,听说人家把太太也换了,她才不再攀比了。生活中,很多人都习惯了和别人做比较,但事实上,每个人都有自己的长处,每个人都有自己的短处,人和人之间其实是没有太大的可比性的,盲目地和人家攀比,只会给自己增加一些无谓的烦恼。

许多时候,我们感到不满足和失落,仅仅是因为觉得别人比我们幸运!

如果我们安心享受自己的生活,不和别人比较,在生活中就会减少许多无谓的烦恼。

下面这则寓言就生动地诠释了这个道理:

有一天,一个国王独自到花园里散步,使他万分诧异的是,花园里所有的花草树木都枯萎了,园中一片荒凉。后来国王了解到,橡树由于没有松树那么高大挺拔,因此轻生厌世死了;松树又因自己不能像葡萄那样结许多果子,也死了;葡萄哀叹自己终日匍匐在架上,不能直立,不能像桃树那样开出美丽可爱的花朵,于是也死了;牵牛花也病倒了,因为它叹息自己没有紫丁香那样芬芳;其余的植物也都垂头丧气,没精打采,只有细小的心安草在茂盛地生长。

国王问道:"小小的心安草啊,别的植物全都枯萎了,为什么你却这么勇敢乐观,毫不沮丧呢?"

小草回答说:"国王啊,我一点也不灰心失望,因为我知道,如果国王您想要一棵橡树,或者一棵松树、一丛葡萄、一株桃树、一株牵牛花、一棵紫丁香等,您就会叫园丁把它们种上,而我知道您对我的希望就是要我安心做小小的心安草。"

这则寓言告诉我们,不要因为盲目地和人攀比,而忘了享受自己的生活。很多时候我们感到不满足和失落,仅仅是因为觉得别人比我们幸运!如果我们不去和别人比较,那么生活就会快乐得多。

我们知道,每片雪花都是独一无二的,没有任何两片雪花是同样的。我们的指纹、声音和DNA也是如此,我们每一个人都是独一无二的个体。人各有所长,也各有所短。我们既不要专门以己之长,比人之短;也不要以己之短,比人之长。

# 第三章 脱俗境界：淡泊名利，是真谛

"天下熙熙，皆为利来；天下攘攘，皆为利往。"我们知道想要摆脱名利的束缚是不可能的，但是却能修炼出淡泊名利的心态。其实，淡泊名利就是保持自我的本真，宠辱不惊，不卑不亢地活着。

## 1. 一齐都打碎，放出大圆光

——依靠自身的力量去摆脱烦恼

◎ 出处

朱敦儒《临江仙·信取虚空无一物》

◎ 原文

信取虚空无一物，个中著甚商量。风头紧后白云忙。风元无去住，云自没行藏。

莫听古人闲语话，终归失马亡羊。自家肠肚自端详。一齐都打碎，放出大圆光。

◎ 译文

既然大千世界不过是廓然无物的空幻之象，那么尘世上的是非功过又有什么值得计较的呢？风儿一阵猛吹，白云随风飘荡，看来好不热闹。殊不知这风和云并没有动和静、行和止的变化，人们眼中所见的不过是众生所妄见的幻象而已。

不要听古人的言语，羊毕竟丢了，马毕竟跑了，一切雄辩，无济于事。自己的心腹事，应由自己来审度处置，不要被古人的议论所桎梏，不要在圣贤的书籍中去寻求慰藉。只有打翻一切陈言与说教，跳出三界外，不在五行中，才能悟得真知，超凡成佛。

◎ 注释

信取：即相信了的意思。"取"字助词，意近于"得"。

虚空：佛学名词，本指无任何质碍可以容纳一切色相的空间，这里有四大皆空的意味。

失马：即塞翁失马焉知非福之意，典出《淮南子》。

亡羊：即亡羊补牢，语出《战国策》。

大圆光：指菩萨头上的祥光。

◎ 赏析

这首《临江仙》以禅语入词，通篇说理，贵理趣之通脱，有一种虚空之美。最后几句主张自己的苦闷烦恼应该由自己动手来解决，只有打翻一切陈言与说教，才可以"放出大圆光"。这首词尽管有消极的因素，但词中同时表达出对人生要采取超脱宁静的态度，依靠自身的力量去解脱人生的烦恼，还是对人有启发的。

生活中的许多痛苦和烦恼实际上都来源于自身，就是人们所说的自己跟自己过不去。在生活中，忘掉一些本该不存在的烦恼，心中就会轻松很多，自己也会快乐很多。

生活是快乐的源泉，有了生活，快乐就不会枯竭。

幸福快乐的秘密在每个人的心中，每个人都具备使自己幸福快乐的资源，只是许多人没有把这些幸福快乐的资源运用好而已。

快乐就像是一个魔方，能给任何年龄的人带来勃勃生机和活力，能让萎靡者发现生命的动力，让默默耕耘者在无意中收获，让脆弱者变得坚强，让强者更富有韧性，让智者在哲理中享受。

从前,田野里住着田鼠一家。

秋天来临时,田鼠们开始忙着储藏过冬的食物。只有一只叫托雷的田鼠例外。它不但收藏食物,还收藏其他东西。其他田鼠问:"托雷,你怎么收集不相干的东西呀?"

托雷说:"这些也是过冬必须储藏的!"

"那么,你还收藏了什么东西过冬呢?"

"我收藏阳光、色彩和单词。"

其他田鼠听后都大笑起来,以为托雷是在开玩笑,也不理会它,继续干活。

托雷也不在意其他田鼠的嘲笑,继续工作。

冬天很快就来了,天气也开始越来越冷了。田鼠们躲在家里很无聊。这时有只田鼠想起了托雷,它们准备到托雷家看看。

田鼠们问:"托雷,你怎么过冬的,你不是说你收藏了其他东西,给我们看看好吗?"

托雷说:"那你们先闭上眼睛。"

田鼠们虽然觉得有些奇怪,但还是闭上了眼睛。

托雷拿出第一件收藏物品,说:"这是我收藏的阳光。"顿时,黑暗的洞穴变得明朗起来,田鼠们都感觉到了一丝温暖。

田鼠们又问:"还有色彩呢?"

托雷开始给它们描述红色的花朵,绿色的树叶,蓝色的大海,金色的稻谷,说得惟妙惟肖,田鼠们仿佛真的看到了五彩缤纷的世界。

田鼠们又问:"那么托雷,还有什么能给我们拿出来看的?"

于是，托雷给田鼠们讲了许多故事，田鼠们都听得入了迷。

听完托雷的故事后，田鼠们都兴高采烈，欢呼雀跃，它们说：

"托雷，你真是一个诗人！"

收藏阳光、色彩和单词，收藏夏季最美丽的景象，等到严冬来临之际以此温暖我们的身心，这是多么简单的道理，却又是多么实在！

对于生存来说，精神力量和物质储备都同样重要。

让心情开朗最简单的办法就是打开自己郁闷的心房，让阳光进来。

少年时的华罗庚因生活拮据，求学时经常仅以一碗面条来充饥，别的同学问他："一碗面条怎么够吃呢？"华罗庚笑着说："这哪是一碗面条，这是几百根面条哩！"

凡事只需换一个角度，我们的生活就会充满阳光。

一碗面条可以等同几百根面条，那些苦差事、累事、烦心事难道没有美好的另一面吗？

没有严冬，如何能体会夏季的美丽？没有小人，我们的品行有何夸耀之处？妻子不耍小脾气，如何体现男人的大度？丈夫不爱偷懒，如何体现女人不可或缺的地位？

总是盯着事物的负面，等于将阳光关在心灵的窗外。

永远相信和理解生活中美好的东西，永远保持充沛的活力和乐观的情绪，那么快乐就会永远围绕着你。

快乐并不是遥不可及的东西，重要的是在你的心里留给快乐一块田地。

## 2. 功名浪语

——不要被名利牵着鼻子走

◎ 出处

晁补之《摸鱼儿·东皋寓居》

◎ 原文

买陂塘、旋栽杨柳，依稀淮岸江浦。东皋嘉雨新痕涨，沙觜鹭来鸥聚。堪爱处最好是、一川夜月光流渚。无人独舞。任翠幄张天，柔茵藉地，酒尽未能去。

青绫被，莫忆金闺故步。儒冠曾把身误。弓刀千骑成何事，荒了邵平瓜圃。君试觑。满青镜、星星鬓影今如许。功名浪语。便似得班超，封侯万里，归计恐迟暮。

◎ 译文

买到池塘，在岸边栽上杨柳，看上去好似淮岸江边，风光极为秀美。刚下过雨，鹭、鸥在池塘中间的沙洲上聚集，很是好看。而最好看的是一川溪水映着明月，点点银光照着水上沙洲。四周无人，翩然独舞，自斟自饮。头上是浓绿的树幕，脚底有如茵的柔草，酒喝光了还不忍离开。

不要留恋过去的仕宦生涯，读书做官是耽误了自己。自己也曾做过地方官，但仍一事无成，反而因做官而使田园荒芜。您不妨看看，从镜子里可发现鬓发已经白了不少。所谓"功名",不过是一句空话。连班超那样立功于万里之外,被封为定远侯,但归故乡时已经年岁老大,也是太晚了。

◎ 注释

摸鱼儿:本为唐教坊曲,后用为词牌。又名《摸鱼子》。双调一百一十六字,前片六仄韵,后片七仄韵。

东皋:即东山。作者在贬谪后退居故乡时,曾修葺了东山的归来园。

寓居:寄居。

陂(bēi)塘:池塘。

旋:很快,不久。

依稀:好像是。

嘉雨:一场好雨。

沙觜(zuǐ):即沙嘴,突出在水中的沙洲。觜,同"嘴"。

渚(zhǔ):水中的小洲(岛)。

翠幄(wò):绿色的帐幕,指池岸边的垂柳。

柔茵:柔软的褥子。这里指草地。

藉:铺垫。

青绫被:汉代制度规定,尚书郎值夜班,官供新青缣白绫被或锦被。这里用来代表做官时的物质享受。

金闺:汉朝宫门的名称,又叫金马门,是学士们著作和草拟文稿的地方。这里泛指朝廷。晁补之曾做过校书郎、著作佐郎这样的官。

"儒冠"句:说读书、做官耽误了自己。这里借用杜甫《奉赠韦左丞丈二十二韵》"纨绔不饿死，儒冠多误身"诗句。儒冠，指读书人。

弓刀千骑（jì）：指地方官手下佩带武器的卫队。

邵平瓜圃：邵平是秦时人，曾被封为东陵侯。秦亡，在长安城东种瓜，瓜有五色，味很甜美。世称东陵瓜。

觑（qù）：细看，细观。

青镜：青铜镜。古代镜子多用青铜制成，故称青镜。

星星：指头发花白的样子。如许：这么多。

浪语：空话，废话。

班超：东汉名将，在西域三十余年，七十余岁才回到京都洛阳，不久即去世。

迟暮：晚年，此指归来已晚。

◎ 赏析

这首《摸鱼儿》，是晁补之的代表作。此词不仅描写了东山归去来园的园中景色，还叹恨自己为功名而耽误了隐居生涯。其主旨是表示对官场生活的厌弃，对美好的田园生活的向往。

上片写景，描绘出一幅冲淡平和、闲适宁静的风景画，表现了归隐的乐趣：陂塘杨柳，野趣天成，仿佛淮水两岸，湘江之滨的青山绿水。东皋新雨，草木葱茏，山间溪水的涨痕清晰可辨，沙州上聚集着白鹭、鸥鸟，一片静穆明净的景色。然而最令人神往的，莫过于满山明月映照着溪流，将那一川溪水与点点沙洲裹上了一层银装。下片即景抒情，作者直陈胸臆，以为做官拘束，不值得留恋，儒冠误身，功名亦难久持，这一句是从杜甫《奉赠韦左丞丈》"儒冠多误身"句化出。他深感今是昨非，对自己曾跻身官场、虚掷时日表示后悔。词人开函对镜，已是头发花白，益见功名如过眼云烟，终为泡影。末句说显赫如班超，也只能长期身居西域，到了暮年才得还乡。作者通过此句来表现厌弃官场、急流勇退的情怀。

名利是场，名利是网，人活世上，没有人能摆脱名利的纠缠与吸引。利欲熏心，争名逐利，把名利看得高于一切，就会迷失自我。人不能把名利当作自己的主宰，否则就会被名利牵着鼻子走，心灵就会痛苦不堪。对于名利，我们应该采取淡泊的态度。晁补之在这首《摸鱼儿·东皋寓居》词里就告诉我们淡泊名利的人生境界。

《菜根谭》中说："富贵名誉自道德来者，如山林中花，自是舒徐繁衍。自功业来者，如盆槛中花，便有迁徙废兴。若以权力得者，如瓶钵中花，其根不植，其萎可立而待矣。"意思是一个人的荣华富贵，如果是因为施行仁义道德而得来的，就会像生长在大自然中的花一样，不断繁衍生息，没有绝期；如果是从建立的功业中得来的，就会像栽在花钵中的花一样，因移动或环境变化而凋谢；若是靠权力霸占或谋私所得，那这富贵荣华就会像插在花瓶中的花，因为缺乏生长的土壤，马上就会枯萎。这就告诉我们，没有道德修养，仅靠功名、机遇或者是非法手段求得的福，千万要警惕，它们是不能长久的，转瞬即逝，就是意味着灾难，伴随着毁灭。只有那些德行高尚的人，才能领悟个中道理，保住一生平安。

中国的博学鸿儒钱钟书就是一位淡泊名利的学者。他认认真真地学，从不务虚名，宠辱不惊，即使是别人授予他极高的荣誉，他也能够淡泊自守。

有一次，一位英国著名杂志社的记者仰慕他的大名来到中国，并事先在电话中向他说很喜欢他的著作，并表达了要去拜访的意思，还说如果采访获得成功，杂志社便会诚聘他为杂志社的名誉主编，还会宣传他的新作。

钱钟书听到这些，在电话中风趣地对记者说："假使你吃了一个鸡蛋觉得不错，又何必要认识那只下蛋的母鸡呢？"

这样的事例还有很多，钱老的淡泊已经成为学界的榜样，他能够潜心读书研究，不拜客访友，也讨厌接受各种采访，更对别人授予他的那些荣誉视而不见，正因为如此才成为学界真正的泰斗。

钱钟书先生是一位真正的智者，在名利面前他能够淡然视之，不为声望所累，也只有如此淡泊的人才能够专心治学。他知道，名利可以成为头顶的光环，也可以成为招致祸端的利器。因此，他将这一切看得很淡，内心拥有明确的治学志向，一心向着心中的目标而努力。他的人生是真正洒脱而豁达的。

日本作家川端康成自获诺贝尔奖之后，受盛名之累，常被官方、民间，包括电视广告商人等拉着去做这做那。文人难免天真，不善于应酬，又心慈面薄，不会推托，做事也过于认真，不懂敷衍，于是，他很快便陷入忙乱的俗事重围，不知如何解脱。

对于川端康成来说，他能获得诺贝尔奖，足见他的才华不凡，如果他未被卷入琐事中去，依然能宁静度日，以他丰富深刻的智慧，或许会有更具哲理的作品留传于世。

## 3. 起来搔首,梅影横窗瘦

### ——宁静致远,淡泊明志

◎ 出处

汪藻《点绛唇·新月娟娟》

◎ 原文

新月娟娟,夜寒江静衔山斗。起来搔首,梅影横窗瘦。

好个霜天,闲却传杯手。君知否?乱鸦啼后,归兴浓于酒。

◎ 译文

一弯秀美的新月高高悬挂在夜空中。寒夜里,江流澄静,听不到一点波涛的声音,北斗星斜挂在山头。我辗转难眠,心绪不宁,披衣而起,只见窗纸上映现着疏落的几枝梅影。

如此寒冷的霜天,本是众人相聚推杯换盏的时候,可现在,这双手却闲下来了。你知道吗?宦海中的"乱鸦"叫人痛恨,我思归的念头比霜天思酒还要浓厚。

◎ 注释

点绛唇:《清真集》入"仙吕调",元北曲同,但平仄句式略异。四十一字,前片三仄韵,后片四仄韵。调名取自江淹《咏美人春游诗》中的句"白雪凝琼貌,明珠点绛唇",以冯延巳《点绛唇·荫绿围红》为正体。又名《南浦月》《点樱桃》《沙头雨》《十八香》

《寻瑶草》等。

娟娟：明媚美好的样子。

山衔斗：北斗星闪现在山间。斗，北斗星座。

闲却：空闲。

传杯：互相传递酒杯敬酒，指聚酒。

乱鸦啼：明指鸟雀乱叫，暗喻朝中小人得志。

归兴：归家的兴致。

◎ 赏析

这首词构思别致，语言晓畅，婉转含蓄，情景相生。但一般认为这首词不是通常的写景抒情，而是寄托着作者厌倦仕宦生涯、渴望回归田园生活的情怀。上阕首两句写景，勾勒出一幅新月江山图：一弯秀媚的新月，被群星簇拥，山顶与星斗相连；月光照耀下，江流澄静，听不到波声。这两句是作者中夜起来遥望所见，倒置前，写的是静的环境。他本来就心事重重，床上不能成眠，于是披衣而起，想有所排遣。结句"梅影横窗瘦"，静中见动，月影西斜时才看得出梅影横窗。下阕转向抒情。严冬的打霜天气，本来正是饮酒驱寒的好时光，可是却没有饮酒的兴致。此处"闲却传杯手"，联系作者身世，可知此时他正被迫迁调，是官场失意时。末两句，作者"归兴"之萌生是由于"乱鸦啼后"，并且这番思归的意念比霜天思酒之兴还浓，可见他已非常厌倦宦海生涯。

这首词上阕写初春霜夜，作者内心激动，耿耿不寐，中夜起身，搔首踟蹰；下阕写闲愁难耐，委婉含蓄地表现了内心的苦闷。作者借霜天月夜图抒发了厌恶官场、乐于归隐的清峻高洁之志。整个作品借景抒情，写法含蓄，深有寄托，有感而发。

古人讲求宁静致远，淡泊明志，古人常常讲的是真性与妄心，所谓真性就如空中皎洁的明月，所谓妄心就如同遮掩明月的乌云，圣人之心经常平静如水，凡夫之心容易轻起妄念。

人不该有太多的奢望，天上不会掉馅饼，地上也不会长钞票。实实在在地做事，实实在在地做人，实实在在地对待每一个时日，我们才会拥有实实在在的成功。

一个人生活在大千世界，终日忙忙碌碌，来不及对生命的意义进行仔细思考，难免会产生非分的念头，以致丧失了纯真的本性，只回首时才会真正感悟到人生的真谛，也才会感觉到保持心灵宁静的那种幸福。

《瓦尔登湖》的作者梭罗，为了写一本书，而去森林中过两年隐居生活。自己种豆和玉蜀黍为食，摆脱了一切剥夺他时间的琐事俗务，专心致志去体验林间湖上的景色和他心灵所产生的共鸣。他从中发现许多道理，从而完成了这本名著。

一个人的精力有限，时间有限，在有生之年，把握住自己真正的志趣与才能所在，专一地做下去，才可能有所成就。

不但要有魄力，而且要有判断力，摆脱其他外务的干扰和诱惑，不为一切名利权位等虚荣而中途改道。这样，才能促成一个人事业的辉煌。

每个人都有失望和不满的时候，不是你的希望没有实现，就是他的欲望没有满足。每当这时，我们不是怨天尤人，便是破罐子破摔，却很少坐下来仔细地想一想，我们为什么一定要有不满和失望。活着，我们不要祈求过多。

世界对于每一个活生生的人来说，都是公平无二的。有耕耘才有收获，有奋斗才有成功，有付出才有得到。如果我们想花一分的代价去换回十分的成果，那是永远也不可能的。所以，我们永远都不应该祈求这世界平白无故地就给我们太多。

生命在于奋斗，人生在于积累。不要祈求，只有一点点就已经足够了。每天一点点，每月一点点，每年一点点，几年下来，我们就已经得到了很多很多，那么一辈子下来，我们不就变成了一个拥有整个世界的大富翁？

不论修身养性，还是成就事业，都需要坚强的意志和高洁的心志，如果私心杂念过重，名利思想过浓，不仅会事业无成，甚至还会身败名裂。"宁静以致远，淡泊以明志"，这是一句意义深长的座右铭。只有不求名利的人，过着自己朴实无华的生活，与人为善，与人无争，才会悠闲快乐。

## 4. 忍把浮名，换了浅斟低唱

### ——宠辱不惊是一种境界

◎ 出处

柳永《鹤冲天·黄金榜上》

◎ 原文

黄金榜上，偶失龙头望。明代暂遗贤，如何向。未遂风云便，争不恣游狂荡。何须论得丧？才子词人，自是白衣卿相。

烟花巷陌，依约丹青屏障。幸有意中人，堪寻访。且恁偎红倚翠，风流事，平生畅。青春都一饷。忍把浮名，换了浅斟低唱！

◎ 译文

在金字题名的榜上，我只不过是偶然失去取得状元的机会。即使在政治清明的时代，君王也会一时错失贤能之才，我今后该怎么办呢？既然没有得到好的机遇，为什么不随心所欲地游乐呢！何必为功名患得患失？做一个风流才子为歌姬谱写词章，即使身着白衣，也不亚于公卿将相。

在歌姬居住的街巷里，有摆放着丹青画屏的绣房。幸运的是那里住着我的意中人，值得我细细地追求寻访。与她们依偎，享受这风流的生活，才是我平生最大的欢乐。青春不过是片刻时间，我宁愿把功名，换成手中浅浅的一杯酒和耳畔低回婉转的歌唱。

◎ 注释

黄金榜：指录取进士的金字题名榜。

龙头：旧时称状元为龙头。

如何向：向何处。

风云：际会风云，指得到好的遭遇。

争不：怎不。

恣：放纵，随心所欲。

得丧：得失。

堪：能，可以。

饷：片刻，极言青年时期的短暂。

◎ 赏析

"黄金榜上，偶失龙头望"，考科举求功名，他并不满足于登进士第，而是把夺取殿试头名状元作为目标。落榜只认为"偶然"，"见遗"只说是"暂"，由此可见柳永狂傲自负的性格。他自称"明代遗贤"是讽刺仁宗朝号称清明盛世，却不能做到"野无遗贤"。但既然已落第，下一步该怎么办呢？"风云际会"，施展抱负是封建时代士子的奋斗目标，既然"未遂风云便"，理想落空了，于是他就转向了另一个极端，"争不恣游狂荡"，表示要无拘无束地过那种为一般封建士人所不齿的流连坊曲的狂荡生活。"偎红倚翠""浅斟低唱"，是对"狂荡"的具体说明。柳永这样写，是恃才负气的表现，也是表示抗争的一种方式。科举落第，使他产生了一种逆反心理，只有以极端对极端才能求得平衡。所以，他故意要造成惊世骇俗的效果以保持自己心理上的优势。柳永的"狂荡"之中仍然有着严肃的一面,狂荡以傲世,严肃以自律,这才是"才子词人""白衣卿相"的真面目。柳永把他内心深处的矛盾想法抒写出来,说明落第这件事情给他带来了多么深重的苦恼和多么繁杂的困扰,也说明他为了摆脱这种苦恼和困扰曾经进行了多么痛苦的挣扎。写到最后,柳永得出结论:"青春都一饷。忍把浮名,换了浅斟低唱!"谓青春短暂,怎忍虚掷,为"浮名"而牺牲赏心乐事。所以,只要快乐就行,"浮名"算不了什么。

古语说:"宠辱不惊,看庭前花开花落;去留无意,望天上云卷云舒。"这仅有的二十二个字,创造的是一种悠远美妙的意境,道出的却是处世时难得的开阔心境。人生本就有荣辱相随,悲欢离合亦在所难免。倘若处处留心,时时在意,那岂不是与黛玉同命?因此,虽为红尘人,却须让自己有一份超凡心,糊涂心。让一切顺其自然,宠辱不惊,去留无意。

世上有许多事情的确是难以预料的,成功伴着失败,失败伴着成功,人生本来就是失败与成功的统一体。人的一生,有如簇簇繁花,既有火红耀眼之时,也有暗淡萧条之日,面对成功或荣誉,不要狂喜,也不要盛气凌人,而是要把功名利禄看轻些,看淡些;面对挫折或失败,不要忧悲,也不要自暴自弃,而是要把厄运羞辱看远些,看开些。

做人有时就必须糊涂一点儿,这种糊涂不仅仅是在受辱时要糊涂一点儿,同时在受宠时也该糊涂一点儿。因为,无论宠辱,都有尽时,看得太重反而会成为一种负累。

# 5. 世路如今已惯，此心到处悠然

## ——让自己活得轻松一些

◎ 出处

张孝祥《西江月·问讯湖边春色》

◎ 原文

问讯湖边春色，重来又是三年。东风吹我过湖船，杨柳丝丝拂面。世路如今已惯，此心到处悠然。寒光亭下水如天，飞起沙鸥一片。

◎ 译文

问候这湖中的春水，岸上的春花，林间的春鸟，你们太美了，这次的到来距前次已是三年了。东风顺吹，我驾船驶过湖面，杨柳丝丝拂面，似对我的到来表示欢迎。

人生道路上的曲折、沉浮我已习惯，无论到哪里，我的心一片悠然。寒光亭下，湖水映照天空，真是天水一色，水面上飞起一群沙鸥。

◎ 注释

西江月：词牌名，原唐教坊曲。又名《白蘋香》《步虚词》《晚香时候》《玉炉三涧雪》《江月令》。双调，五十字，上下片各两平韵，结句各叶一仄韵。

问讯：问候。

湖：指三塔湖。

重来又是三年：相隔三年重游旧地。

过湖船：驶过湖面的船。

杨柳丝丝：形容杨柳新枝柔嫩如丝。

拂面：轻轻地掠过面孔。

世路：世俗生活的道路。

寒光亭：亭名。在江苏省溧阳市西三塔寺内。

沙鸥：沙洲上的鸥鸟。

◎ 赏析

张孝祥是一位坚决主张抗金而两度遭谗落职的爱国志士，"忠愤气填膺"是他爱国词作的主调，而在屡经波折、阅尽世态之后，也写了一些寄情山水、超逸脱尘的作品。这首小令就是如此。

上片以作者自己与风物的互相映衬，表达了重访三塔湖离岸登船之际的快意感受；下片则以世路与湖亭的强烈对比，抒发了置身寒光亭时的悠然心情。"世路"，指尘世的生活道路，那是一条政治腐败、荆棘丛生的路，与眼前这东风怡人、杨柳含情的自然之路岂能相提并论。然而，作者说是"如今已惯"，这不仅表明他已历尽世俗道路的倾轧磨难，对奸臣的打击、社会的黑暗业已司空见惯，更暗寓着他已看透世事、唾弃尘俗的莫名悲哀和无比忧愤。因此，"此心到处悠然"，也就不仅在说自己的心境无论到哪儿总是悠闲安适，更包含着自己这颗备受折磨、无力回天的心只能随遇而安、自寻解脱了。

"生活真是太累了！"常听一些人喊出这样一句话。其实，生活本身并不累，它只是按照自然规律在运转。说生活太累的人是他本人活得太累了。

是啊，生活的涵盖量太大了。生活在这个世界上，你要为衣、食、住、行去奔忙，要去应付各种各样的事，要去与各种各样的人相处。可谁又能保证你所接触的事都是好事，你所遇到的人都是谦谦君子呢？所以，生活中必然要有这样或那样的事，有喜就会有悲，有幸运也会有不幸。接触的人也是如此，有君子就有小人，有高尚之士就有卑鄙之徒。事物都是相对而生的，否则生活又怎么能称为生活呢？只有各种各样的事、各种各样的人糅合在一起，才能构成色彩斑斓的世界，也只有这样的生活才是有滋味的。

那么，在生活中，面对着各种各样不合自己心意的事，与各种各样不与自己性格相符的人相处，你会采取什么样的态度呢？是坦然、磊落、轻松地对待，还是谨小慎微，处处设防？要告诉大家的是，不要让自己长期生活在紧张、压抑之中，不要让自己的琴弦绷得太紧，别活得那么累。必要的时候，放松一下自己，轻松地活着。

生活毕竟是公平的，对谁都一样，没有绝对的幸运儿，更没有彻底的倒霉鬼，你有这样的不幸，他还有那样的烦心事；别人有那样的好机会，你还会有这样的好运气。所以，千万别把自己说得那么悲惨，更不要把自己缠绕在自己织的网中，挣扎不出来。

感觉生活太累的人一般都是一些胆小怕事者。每说一句话都要考虑别人会怎么看待自己，会不会因为这一句话而伤害某人；每做一件事都要瞻前顾后，生怕因为自己的举动给自己带来不好的影响。工作中，对领导、同事小心翼翼；生活中对朋友、邻居万分小心。其实，你的周围有那么多人，而每个人的脾气都不一样，你不可能做到使每个人都满意。即使你样样谨小慎微，还是会有人对你有成见。所以只要不违背常情，不失自己的良心，那么挺起胸膛来做人做事，效果恐怕会好一些。

感觉活得太累的人往往不能很好地调整自己，每遇不幸之事时，不能辩证、乐观地去看待。而且容易对生活产生悲观想法，似乎世界末日就要来临了。夜里不得安睡，总是疑心地球要爆炸了，说不定哪天自己就会受害。这不是杞人忧天吗？

总是生活在心情沉重、感情压抑之中，那将是非常可怕可悲的事。这将对身心产生极大的损害。

感觉生活太累的人，看不到生活中光明的一面，更感觉不到生活的乐趣。因为他的时间统统用来盯住自己周围狭小的一点空间，而无暇顾及他事。而且，他的生活是非常被动的，因为他不愿主动去做什么，生怕做错什么事，得罪了什么人。这样的生活怎会是幸福的，怎会是快乐的？这样的生活只能是沉重的。

活得累的人很少有幽默感，更不会去放松一下自己，唯恐别人以为自己对生活不严肃；活得累的人就像身上穿着一件厚重的铠甲，既不能活动自如，又不愿脱去它；活得累的人就像永远戴着一副面具，这副面容在人前谨小慎微，在人后愁眉苦脸。这种累人的、让人喘不过气来的生活，既然使人如此痛苦，既然生命对我们来说又是那么宝贵、那么短暂，我们何不换一种活法，活得轻松、幽默一点，努力去感受生活中的阳光，把阴影抛在后头。即使生活给人的压力很重，也要抽出一点时间来放松一下自己，那样会对你的人生更有益处。

笑对人生，万事都能泰然处之。这样，你就能活得轻松多了。走自己的路，做自己的事，没必要看人家脸色过活，更无须抱怨生活。放松心态，别让自己活得太累。

## 6. 蜗角虚名，蝇头微利，算来著甚干忙

——享受人生是一种智慧

◎ 出处

苏轼《满庭芳·蜗角虚名》

◎ 原文

蜗角虚名，蝇头微利，算来著甚干忙。事皆前定，谁弱又谁强。且趁闲身未老，尽放我、些子疏狂。百年里，浑教是醉，三万六千场。

思量、能几许？忧愁风雨，一半相妨，又何须抵死，说短论长。幸对清风皓月，苔茵展、云幕高张。江南好，千钟美酒，一曲满庭芳。

◎ 译文

微小的虚名薄利，有什么值得为之忙碌不停呢？名利得失之事自有因缘，得者未必强，失者未必弱。赶紧趁着闲散之身未老之时，抛

开束缚，放纵自我，逍遥自在。即使只有一百年的时光，我也愿大醉三万六千场。

沉思算来，一生中有一半日子被忧愁风雨干扰。又有什么必要一天到晚说长说短呢？不如面对这清风皓月，以苍苔为褥席，以高云为帷帐，宁静地生活。江南的生活多好，一千盅美酒，一曲优雅的《满庭芳》。

◎ 注释

满庭芳：词牌名。又名《锁阳台》，《清真集》入"中吕调"。双调九十五字，前片四平韵，后片五平韵。过片二字，亦有不叶韵连下为五言句者。

蜗角：蜗牛角。比喻极其微小。

蝇头：本指小字，此取微小之义。

些子：一点儿。

"百年里"三句：语本李白《襄阳歌》"百年三万六千日，一日须倾三百杯。"

浑：整个儿，全部。

"能几许"三句：意谓计算下来，一生中日子有一半被忧愁风雨干扰。

"苔茵"两句：以青苔为褥席铺展，把白云当帐幕高张。

◎ 赏析

这首《满庭芳》以议论为主，夹以抒情。上片由讽世到愤世，下片从自叹到自适。它真实地展现了一个失败者复杂的内心世界，也生动地刻画了作者愤世嫉俗和飘逸旷达的两个性格层次，在封建社会中很有典型意义。

作者以议论发端,用形象的艺术概括对世俗热衷的名利做了无情的嘲讽。功名利禄曾占据过多少世人的心灵,主宰了多少世人喜怒哀乐的情感世界,它构成了世俗观念的核心。而经历了人世浮沉的苏轼却以蔑视的眼光,称之为"蜗角虚名、蝇头微利",进而以"算来著甚干忙"揭示了追名逐利的虚幻。这不仅是对世俗观念的奚落,也是对蝇营狗苟尘俗人生的否定。

活着的人,都应该记住,生命是美丽的,也是短暂的。紧紧抓住它吧!珍爱生命,享受生活。可是现实生活中,有很多人不懂得去享受生活,常常为了自己想要的东西争得你死我活。

人生应该有两种目标:一种是追求功效的有用性;一种是享受它,享受拥有它的每一分钟。

假如太阳在我们的生命中只出现一次,那么每个人都不会放弃这唯一的阳光。我们会提早准备,绝不会错过。

现实中只因太阳每天都会升起、落下,所以我们就纵容自己几个月都不去抬头关注它一次。

罗丹曾说过:"生活中不是缺少美,而是缺少发现美的眼睛。"

想一想,早上还没有起床时,你就开始担心起床后的寒冷而错失掉享受被窝里最后几分钟的温暖;走出家门你又开始担心路上可能会塞车;坐在办公室里,你又开始思考下班后是该去看场电影,还是与朋友约会;刚刚领完薪水,你又开始盼望下一个月发薪的日子赶快来临。

我们就是这样,总是生活在下一个时刻。

我们总是急着等周末来临、节日来临。我们总是盼望孩子快快长大，自己赶快退休在家待着。等我们真的老了时，又随时担心生命会在下一分钟结束。我们总是忙不迭地过日子，一刻也不停地瞎转。

我们总是把拥有物质的多少、外表形象的好坏看得过于重要，用金钱、精力和时间换取别人可能会有的好评，根本没有时间享受生活的轻松。

在一次大地震中，刘家兄弟俩死里逃生，都是从废墟中被挖出来的。政府帮他们盖了新房，解决了温饱。哥哥念念不忘失去的一切，整天念叨着死去的妻呀，儿呀，猪呀，鸡呀。弟弟不但失去了妻子、女儿和全部家财，还失去了左腿。但他总在想：我还活着真是幸运，我不愁吃，不愁喝，感谢政府给我盖了新房。哥哥常把得到的东西抛置一边，对失去的东西却是念念不忘，整天陷入忧郁痛苦之中，不久便患上了胃溃疡和心脏病，不到三年便病死在医院里。弟弟能珍视自己现有的一切，学会了用心去享受已追求到的幸福。他虽然失去了一条腿，但他会修鞋。当他看到别人穿上他修好的鞋子，向他投来满意的目光时，他便情不自禁地对自己说："活着真好！"

兄弟俩有着相同的遭遇，又同样幸而得救，过着相似的生活。弟弟总觉得自己活得很幸福，哥哥却对已经失去的东西念念不忘，对拥有的东西很难去珍视。弟弟不去想已经失去的东西，却常记着现在拥有的东西。会享受人生的人，不在于拥有多少的财富，不在于住房大小、薪水多少、职位高低，也不全在于成功或失败，而在于会数数。"不要计算已经失去的东西，多数数现在还剩下的东西。"这个十分简单的数数法，就是享受人生的一种智慧。

有一种毛毛虫，它们在森林中行走的方式很奇特。它们的每一分钟都要用自己的头紧连着前面那条毛毛虫的尾部，一边走一边吃它们最喜欢吃的橡树叶。

生物学家为了测试这种毛毛虫的盲目特性究竟有多强，曾将一串毛毛虫放在花盆旁，让它们首尾相连。只见毛毛虫开始围着花盆绕圈子，一只接着一只地走着相同的路。虽然它们的食物近在咫尺，但是这一群绕成圆圈的毛毛虫，却因为只会盲目地跟着其他毛毛虫的脚步而行动，竟然就这么一圈一圈地绕下去，直至饿死为止。

有些人也像这种毛毛虫一样，一辈子都在盲目地跟着别人的脚步走，一点也不清楚自己要的是什么，直到生命终了的时刻，才发现原来自己并不曾真正活过。

人要切忌盲从，别人觉得好的，未必就适合你，过自己想要的生活才是活着的根本。

《伊索寓言》里有这样一个故事：

城市老鼠和乡下老鼠是好朋友。有一天，乡下老鼠写了一封信给城市老鼠，信上写道："城市老鼠兄，有空请到我家来玩儿，在这里，可以享受乡间的美景和新鲜空气，过着悠闲的生活，不知意下如何？"

城市老鼠接到信后，高兴得不得了，立刻动身前往乡下。到那里后，乡下老鼠拿出很多大麦和小麦，放在城市老鼠面前。城市老鼠不以为然地说："你怎么能够总是过这种清贫的生活呢？住在这里，除了不缺食物，什么也没有，多么乏味呀！还是到我家玩儿吧，我会好好招待你的。"

于是乡下老鼠就跟着城市老鼠进城去了。

乡下老鼠来到那么豪华、干净的房子,非常羡慕。想到自己在乡下从早到晚,都在农田上奔跑,以大麦和小麦为食物,冬天还在那寒冷的雪地上搜集粮食,夏天更是累得满身大汗,和城市老鼠比起来,自己实在太不幸了。

过了一会儿,他们就爬到餐桌上开始享受美味的食物。突然,"砰"的一声,门开了。有人走了进来。它们吓了一跳,飞也似的躲进墙脚的洞里。

乡下老鼠吓得忘了饥饿,想了一会儿,戴起帽子对城市老鼠说:"还是乡下平静的生活比较适合我。这里虽然有豪华的房子和美味的食物,但每天都紧张兮兮的,倒不如回乡下吃麦子来得快活。"说罢,乡下老鼠就离开城市回乡下去了。

其实,每一个人对生活的看法都是不同的。有的喜欢富足,有的崇尚自由,自己想要什么样的生活应该完全由自己来决定。不要让别人的思想左右了你,只要你自己喜欢,只要你能为自己的快乐而满足,你就可以享受属于你的生活。如果你一直觉得不满,那么即使你拥有了整个世界,也会觉得伤心。

还有一则讲小白兔和大灰狼的童话故事。

小白兔的生活观念简单而实际,守住萝卜,好好生活。为此,它每天都忙忙碌碌的,播种、耕耘、收获、储存,它单纯得近乎发傻。而大灰狼则又懒又馋,不爱劳动,只图享受。

有一天，大灰狼去小白兔家做客，它淋漓尽致地描述一番尝过的口福，并对小白兔说："我们一起出去吃现成的吧！我看你一年到头忙得累死累活，多没意思呀！"

小白兔听了大灰狼的描述，的确感到自己的生活过得很艰苦，自己的岁月过得很可怜。但是，它认为，自己在艰苦的劳动中得到了快乐，在自食其力中得到了安慰，在别的地方是很难找到快乐和安慰的。

于是，它对大灰狼说："你还是一个人去吧，我不去了。我还是喜欢守着自己的萝卜过日子。"

冬天来了，大灰狼再也找不到食物了，这时它才由衷地渴望，即使身边有个萝卜也是好的。而此时，小白兔正在它的窝里，品尝着萝卜的鲜美，以及生活的恬静。

一个个童话故事似乎都揭示了人类的生活。追求刺激的旋涡，只能被激流卷走，后悔不迭。若是坚定自己的生活态度，甘心在平稳的小河里游弋，即使有怎样的危机，也能够平稳如初。

# 7. 浮生长恨欢娱少,肯爱千金轻一笑

## ——别为金钱丢掉快乐

◎ 出处

宋祁《玉楼春·春景》

◎ 原文

东城渐觉风光好。縠皱波纹迎客棹。绿杨烟外晓寒轻,红杏枝头春意闹。

浮生长恨欢娱少,肯爱千金轻一笑。为君持酒劝斜阳,且向花间留晚照。

◎ 译文

漫步东城感受到风光越来越好,船儿行驶在波纹骤起的水面上。拂晓的轻寒笼罩着如烟的杨柳,只见那红艳艳的杏花簇绽枝头。

人生总是怨恨苦恼太多欢娱太少,谁惜千金却轻视美人迷人一笑?为君手持酒盏劝说金色的斜阳,且为聚会向花间多留一抹晚霞。

◎ 注释

玉楼春:词牌名,又名《木兰花》《归朝欢令》等,双调五十六字,上下片各四句三仄韵。

东城:泛指城市之东。

縠（hú）皱波纹：形容波纹细如皱纱。縠皱：即皱纱，有皱褶的纱。

棹（zhào）：船桨，此指船。

烟：指笼罩在杨柳梢的薄雾。

晓寒轻：早晨稍稍有点寒气。

春意：春天的气象。

闹：浓盛。

浮生：指飘浮无定的短暂人生。语本《庄子·刻意》"其生若浮，其死若休。"

肯爱：岂肯吝惜，即不吝惜。

一笑：特指美人之笑。

持酒：端起酒杯。《新唐书·庶人祐传》"王毋忧，右手持酒啗，左手刀拂之。"

晚照：夕阳的余晖。南朝宋孝武帝《七夕》诗之一"白日倾晚照，弦月升初光。"

◎ 赏析

《玉楼春·春景》是宋代词人宋祁的词作。此词赞颂明媚的春光，表达了及时行乐的想法，我们不要学习这种消极的做法，但要懂得不要为了永无休止的欲望而丢掉了生活的本真。上阕描绘春日绚丽的景色。"东城"句，总说春光渐好；"縠皱"句专写春水之轻柔；"绿杨烟"与"红杏枝"相互映衬，层次疏密有致；"晓寒轻"与"春意闹"互为渲染，表现出春天生机勃勃的景象。下阕直抒惜春寻乐的情怀。"浮生"二字，点出珍惜年华之意；"为君"两句，明为怅怨，实是依恋春光，情极浓丽。全词收放自如，井井有条，用语华丽而不轻佻，言情直率而不扭捏，着墨不多而描景生动，把对时光的留恋、对美好人生的珍惜写得韵味十足，是当时誉满词坛的名作。

人生的压力、郁闷和不快乐并不是因为你拥有得太少，只是欲望太多，总想着更多的物质财富和享受，所以内心永远在疲惫的追逐中憔悴沉重。

即使费尽心力得到了想要的，新的欲望又会接踵而至。于是，还来不及休息，就开始了新的追逐……

心灵没有了闲暇安逸，快乐当然就不再光顾。

不要为金钱丢掉快乐，物质财富的确能给心灵带来一时的快乐，但也剥夺了人们快乐的美好时光。

俗话说："人为财死，鸟为食亡。"钱财确实给人带来了不少快乐，但也给人带来不少烦恼。

对于有些人来说，把钱财看得太重，自己无钱财时眼红别人，不择手段、千方百计地得到钱财；自己有钱财时又非常吝啬，亲兄弟之间甚至于对父母也是分厘必争。

在我们的现实生活中，也需要有一种放得下的清醒。其实，摆在每个人面前的诱惑有很多，这就需要保持清醒的头脑，勇于放得下。如果抓住不可得的东西不放，甚至贪得无厌，就会带来无尽的压力、痛苦不安，甚至毁灭自己……

我们常说一个人要拿得起，放得下。而在付诸行动时，"拿得起"容易，"放得下"难。所谓"放得下"，是指心理状态，就是遇到"千斤重担压心头"时能把心理上的重压卸掉，使之轻松自如。

第三章 脱俗境界：淡泊名利，是真谛

# 第四章 寂寞境界：孤寂，是无法排遣的愁

"古来圣贤皆寂寞"，每个人在生命中都逃不脱孤独寂寞的纠缠，无论身处闹市，还是独居山林，无论身在庙堂之高，还是身处江湖之远，寂寞都是无法排解的感受。但有时候，它是成功的养料，是人生的一剂苦口良药，能让我们保持清醒的头脑，保持真实的自我。

# 1. 看他们，得人怜，秦吉了

## ——远离趋炎附势的小人

◎ 出处

辛弃疾《千年调·卮酒向人时》

◎ 原文

蔗庵小阁名曰"卮言"，作此词以嘲之。

卮酒向人时，和气先倾倒。最要然然可可，万事称好。滑稽坐上，更对鸱夷笑。寒与热，总随人，甘国老。

少年使酒，出口人嫌拗。此个和合道理，近日方晓。学人言语，未会十会巧。看他们，得人怜，秦吉了。

◎ 译文

有些人就像那装满酒就倾斜的酒卮，处处是一副笑脸，见人就点头哈腰。他们最要紧的是唯唯诺诺，对什么事都连声说好。就像那筵席上滑稽对着鸱夷笑，他们都擅长整天旋转把酒倒。不管是寒是热，总有一味药调和其中，这就是那号称"国老"的甘草。

我年轻时常常饮酒任性，说起话来刴人总嫌执拗。这个和稀泥的处世哲学直到近来我才慢慢知晓。可惜我对那一套应酬语言，还没有学得十分巧妙。瞧他们真会讨人喜欢，活像那跟人学舌的秦吉了！

◎ 注释

卮：古时一种酒器，酒满时就倾斜，无酒时就空仰着。

然然：对对。

可可：好好。

滑稽、鸱（chī）夷：古时的酒器。扬雄《酒箴》"滑稽鸱夷，腹如大壶。"

甘国老：指中药甘草。《本草纲目》称其性平味甘，能调和众药，治疗百病，故享有"国老"之名。

使酒：喝酒任性。

拗（ào）：别扭，指不合世俗。

秦吉了：鸟名。《唐会要》载，林邑国有结辽鸟（秦吉了），能言尤胜鹦鹉，黑色，黄眉。

◎ 赏析

据考证，此词是辛弃疾第一次落职在江西上饶乡居，因友人居第蔗庵阁名"卮言"有感而作。"卮"是古代的一种圆形酒器，酒满则倾，空则仰。词的上阕作者先用"卮"俯仰随人这一特点来比喻那种只会随声附和的势利小人。这种人善于"向上"献媚，"和气"拜倒，点头称是，逢人说好。下面的"滑稽"是一种流酒器，据说能转注吐酒，终日不止。"鸱夷"是古代盛酒的皮制口袋，容量大，可随意伸卷。作者说它们在酒席上发出会心的微笑，扬扬得意。"甘国老"，是指中药甘草，其味甘平，可以调和众药。在这里，作者用来讽刺那种寒热随人、八面玲珑、专和稀泥的伪善者。词的下阕则写自己的体验和感受。说自己年少气盛，使酒任性，说话直来直去，不讨人喜欢。直到近日才懂得做"和事佬"的道理。但自己毕竟不是此中人，故始终学不到家。只有像上面说的那些人才精通此道，就像会学人说话的"秦吉了"（鹩哥、八哥）惹人怜爱。此词运用了几种特征相似的事物作为比喻，对不分正义是非、一味趋炎附势的小人做了辛辣嘲讽，同时表达了自己的高尚节操。

俗话说：羊有跪乳之恩，鸦有反哺之义。兽犹如此，何况人乎？但问题的关键在于：小人"做人"重于做事，"谋人"多于谋事，把大部分精力放在划圈子、抱团子、傍大款、攀高枝上。他们交友是以利益为原则，如果得不到实惠，就会忘恩负义，甚至恩将仇报。他们奉行的是"有奶便是娘"的信条，你今天帮了他的大忙成了他的恩人，如有人贿之以大利拉他来攻击你，他那副嘴脸马上变样想方设法打击你。

小人遇到恩人的帮助和提携，他日日思夜夜想的不是感恩，不是把事情做好，而是如何才能尽快地超越恩人的地位。恩人的肩膀能靠一靠的，他会踩着上；如果不可，那就对不起了，恩人成了他往上爬的绊脚石，一脚踹开，毫不怜惜和犹豫。

## 2. 拣尽寒枝不肯栖，寂寞沙洲冷

### ——人生要耐得住寂寞

◎ **出处**

苏轼《卜算子·黄州定慧院寓居作》

◎ **原文**

缺月挂疏桐，漏断人初静。时见幽人独往来，缥缈孤鸿影。

惊起却回头，有恨无人省。拣尽寒枝不肯栖，寂寞沙洲冷。

◎ **译文**

残月高挂在稀疏的梧桐树梢，滴漏声断人群开始安静了。谁能见幽居人独自往来，仿佛那缥缈的孤雁身影。

它突然惊起又回首匆匆，心里有恨却无人能懂。它拣遍了寒冷的树枝不肯栖息，却躲到寂寞的沙洲甘愿受苦。

◎ **注释**

漏断：即指深夜。漏，指古人计时用的漏壶。

幽：其义为幽囚。引申为幽静、优雅。

省：理解。"无人省"，犹言"无人识"。

◎ **赏析**

苏轼此词为元丰五年（1082年）十二月或元丰六年（1083年）初作于黄州。定慧院在今天的湖北黄冈市东南，苏轼初贬黄州寓居定慧院。

苏轼被贬黄州后，虽然自己的生活很有问题，但他是乐观旷达的，能率领全家通过自身的努力来渡过生活难关。但内心深处的孤独与寂寞是他人无法理解的。在这首词中，作者借月夜孤鸿这一形象托物寓怀，表达了孤高自许、蔑视流俗的心境。

这首词的境界高妙，黄庭坚说："语意高妙，似非吃烟火食人语，非胸中有万卷书，笔下无一点尘俗气，孰能至此！"这种高旷洒脱、绝去尘俗的境界，得益于高妙的艺术技巧。作者"以性灵咏物语"，取神题外，意中设境，托物寓人；对孤鸿和月夜环境背景的描写中，选景叙事均简约凝练，空灵飞动，含蓄蕴藉，生动传神，具有高度的典型性。

孤独寂寞是午夜梦回时的失落，是"夜静酒阑人散后"的满地狼藉，是思念无端涌上心头的酸涩无奈，是繁华过后的凄凉萧瑟，是灯火阑珊处单薄的身影，是众人皆醉我独醒。

每个人在生命中都逃不脱孤独寂寞的纠缠，无论身处闹市，还是独居山林，无论身在庙堂之高，还是身处江湖之远，寂寞都是无法排解的感受。

"古来圣贤皆寂寞"，虽然我们不是圣贤，虽然我们寂寞的理由也不尽相同，但寂寞却是共同的感受。

不要试图逃避寂寞，因为它是心灵的声音，是成功的养料，是人生的一剂苦口良药，能让我们保持清醒的头脑，保持真实的自我。

寂寞是一段无人相伴的旅程，是一方没有星光的夜空，是一段没有歌声的时光。它使空虚的人孤苦，使浅薄的人浮躁，使睿智的人深沉。

其实，寂寞不是踯躅街头的惆怅，也不是徘徊巷尾的颓废，更不是借酒消愁的沉沦；寂寞不是百无聊赖、无所事事的散淡与停滞，更不是真正的孤独或寂灭，而是一种不凑热闹、不赶时髦、不追风潮的生活境况和生存方式。耐得住寂寞是生命真正成熟的重要标志。寂寞是成功前的蓄积，只有沉得住气、耐得住寂寞，才有时间和精力去刻苦钻研。

古往今来，无数成大事者都不是一帆风顺的，都经历过艰难曲折。司马迁在《报任安书》中就举出许多例子："文王拘而演《周易》；仲尼厄而作《春秋》；屈原放逐，乃赋《离骚》；左丘失明，厥有《国语》；孙子膑脚，《兵法》修列；不韦迁蜀，世传《吕览》。"就连司马迁本人，也是在遭遇宫刑之后发愤著书，才有了"史家之绝唱，无韵之离骚"的《史记》传唱于世。如果他们在面对这些困难挫折时不能沉住气，那么如何能在中国历史上留下光辉篇章呢？

没有人能够一辈子交好运，也没有人会一辈子走背运，每个人都不可能随随便便就收获成功，失败、打击、痛苦都是成功前必须要经历和承受的。在面对黑暗的时候只有沉住气，才能等到日出。

公元前100年，苏武受汉武帝之命，以中郎将的身份为特使，拿着汉武帝亲手交给他的"旄节"，与副使张胜以及助手常惠和百余名士兵，携带着送给单于的礼物，护送以前扣留下来的全部匈奴使者去匈奴。

当苏武在匈奴完成任务准备返汉时，一件意外的事情发生了。前些时候投降匈奴的汉使卫律有个部下叫虞常，他想要谋杀卫律归汉。这个虞常在汉朝时与张胜私交甚好，就把整个计划跟张胜说了，张胜赠送钱物以示支持，没想到虞常的计划还没实施就泄露了。

苏武视死如归，单于佩服他的勇气，希望苏武能够投降为他效力，早晚派人来问候，企图软化苏武，但苏武不肯屈服。

苏武恢复健康后，单于命令卫律提审虞常和张胜，让苏武旁听。在审讯过程中，卫律当场杀死虞常以此威胁张胜。张胜跪下投降，卫律又威胁苏武并举起宝剑向苏武砍来，苏武面不改色地迎上前去。卫律看不能使苏武屈服，就报告了单于。

单于听说苏武这样坚贞，就更加希望苏武投降。他下命令把苏武囚禁在一个大窖里，不给一点吃喝。这时天上正下着大雪，苏武就躺在那里，嚼着雪团和毡毛一起咽到肚里，几天以后，仍顽强地活着。

单于一计不成，又命令人把苏武迁移到北海没有人烟的地方，让他独自放牧公羊，说是等公羊生子才让他归汉。在荒无人烟的北海，苏武白天拿着汉朝的旄节放羊，晚上握着它睡觉。没有口粮，他就挖掘野鼠洞里藏的草籽充饥。当单于又派人劝降，并告知他母亲已死，兄弟自杀，妻子改嫁，儿女下落不明、死活不知的消息，想以此达到动摇他的信念的目的，但又一次被他斩钉截铁地拒绝了。

苏武在荒凉酷寒的北海边上，忍饥挨饿、受尽苦难，但仍以坚强的毅力，度过了漫长的、艰苦的岁月。

一直到公元前81年的春天，经几度交涉，苏武、常惠等九人才终于回到了久别的首都长安。

苏武出使的时候是个四十岁左右的壮汉，他在匈奴过了十九年的生活，归汉时已是个须发皆白的老人。

后来，苏武坚贞不屈、不怕磨难、永不失节的事迹轰动了朝野上下，被编成歌曲在百姓中间广泛流传。

苏武的所作所为都是在逆境中向敌人显示大汉朝人的尊严。

他抱定了"我顽强地活给你看"和"不回汉朝，死不瞑目"的信念，克服所有的困难，承受着非人的折磨，终于坚持到返家归国。坚定的信念创造了奇迹。他在不可能的条件下生存了十九年，实现了自己的夙愿！

摆脱厄运的办法是不向它低头。当你遭遇厄运的时候，坚强与懦弱是成败的分水岭。

一个生命能否战胜厄运、创造奇迹，取决于你是否赋予它一种信念的力量。一个在信念力量驱动下的生命即可创造人间奇迹。

人生自有沉浮，当我们遇到突发事件时，要沉住气，做到猝然临之，心不惊，以冷静的态度应对；当目标没有达成时，要沉住气，学会忍耐，等待机遇，继续努力；当遇到挫折或者失利时，要沉住气，心态平和，靠毅力咬紧牙关。记住：能够沉住气，才能成大器。

做人要沉得住气，做事才能稳住阵脚。沉稳就是你生存的重要法宝，在这时候，成大事者，能审时度势，不把那些小耻小辱放在心上，而是在暗地里积蓄力量，积极行动，以图后起。另外，低调做人本身就不能张扬，而是要沉得住气，才能隐藏自己的信心和实力，最终站稳脚跟。

沉得住气是一种素质，耐得住寂寞是一种优秀的习惯。一个人只有沉得住气，踏踏实实做好每一件小事，沉稳沉着，并逐渐内化为一种素质、一种能力，才能一步一个脚印，不断迈向成功；才能不断提高自己的修养，保持内心的平衡和稳定，保持气度上的从容淡定，宁静致远。

## 3. 山桃溪杏两三栽，为谁零落为谁开

——人情冷暖，世态炎凉

◎ 出处

王安石《浣溪沙·百亩中庭半是苔》

◎ 原文

百亩中庭半是苔。门前白道水萦回。爱闲能有几人来。

小院回廊春寂寂，山桃溪杏两三栽。为谁零落为谁开。

◎ 译文

百亩大的庭院有一半是青苔，门外沙子铺满了整条路，还有蜿蜒的小溪流。喜欢悠闲，有空来的人有几个呢？

春天到了，院子里曲折的回廊非常安静。山上的桃花、溪边的杏树，三三两两地种在一起。不知道它们是为谁凋零，为谁开放？

◎ 注释

"百亩"句：句出刘禹锡《再过游玄都观》"百亩中庭半是苔，桃花净尽菜花开。"百亩，概数，形容庭园极大。半是苔，一半长满了青苔。

白道：洁白的小道。李商隐《无题》有"白道萦回入暮霞，斑骓嘶断七香车。"

"小院"句：句出杜甫《涪城县香积寺官阁》"小院回廊春寂寂，

浴凫飞鹭晚悠悠。"

"山桃"句：语本雍陶《过旧宅看花》"山桃野杏两三栽，树树繁花去复开。"山桃溪杏，山中的桃，溪畔的杏。暗喻身处山水之中。

"为谁"句：句出严恽《落花》"尽日问花花不语，为谁零落为谁开？"

◎ 赏析

这首词以轻浅的色调、幽渺的意境，描绘女子在春阴的怀抱里所生发的淡淡哀愁和轻轻寂寞。构思精巧，意境优美，犹如一件精致小巧的艺术品，境怅静悠，含蓄有味，令人回味。

词的上片写自己寓居的环境，表现作者归隐生活的冷清寂寞。下片寓情于景，作者对生长在寂寞环境中的桃杏发出深沉的慨叹，寄托着自己内心的惆怅与不平。

这首词深刻地向我们展示了王安石晚年在山中的生活，是如此的孤独寂寞，虽然身处美景之中，却是孤身一人，没有知音。尽管如此，王安石还是用写景来表达自己的心情，寓情于景，对山中的美景颇为喜爱。

总的来说，《浣溪沙》反映了王安石晚年的生活情趣，表达出他晚年"人走茶凉"的寂寞之情，此情颇为深沉、悲凉。

人走了，茶凉了，这又何妨呢？茶凉了就倒掉，冲上新的茶叶，自会有袅袅茶香。何必要留恋那杯凉掉的旧茶，迟迟不肯喝清香怡人的新茶呢？

沧桑变化转眼事，世上千年如走马。人生不过百年，多么短暂啊！

所以，对于人情的冷暖、世态的炎凉，要有超然的态度，能够潇洒地面对人生，才算得上大彻大悟。人生在世，酸甜苦辣都要尝遍，才能算是完整的人生。

春秋时期，列子穷困潦倒。郑相子阳的宾客向子阳荐举列子，子阳就派人送他数十车的谷子，列子再三拜谢而拒绝了。

使者走后，列子的妻子对他捶胸顿足地埋怨说："听说有道的人的家室，生活都能安乐幸福，可现在我饿得面黄肌瘦。相国让人送给你粮食，你却不接受，这岂不是命中注定要穷困一辈子吗？"

列子却笑着对妻子解释说："我之所以拒收相国的谷子，是因为相国并不是自己真正了解我，而是听信了别人的话才给我送谷子。以后，他也会因听信别人的话怪罪于我。这是我不接受的原因。况且接受别人的供养，却不为别人排忧解难，是不义；为他效命，替相国这种无道的人去牺牲，哪里算是义呢？"

世事无常，人情冷暖依旧。从古至今，有多少人嫌贫爱富、趋炎附势。一个人享受过别人的爱，经历过别人的恨，做过显达的事情，也做过失意的事情，一切都经历了，一切人情都感受过了，还有什么可以让他们触目惊心的呢？看透了人情世故也就能做到无动于衷了。

## 4. 愁无比，和春付与东流水

### ——放弃痛苦，选择快乐

◎ **出处**

朱服《渔家傲·小雨纤纤风细细》

◎ **原文**

小雨纤纤风细细，万家杨柳青烟里。恋树湿花飞不起，愁无比，和春付与东流水。

九十光阴能有几？金龟解尽留无计。寄语东阳沽酒市，拼一醉，而今乐事他年泪。

◎ **译文**

绵绵的细雨微微的风，千家万户掩映在杨柳的青烟绿雾中。淋湿的花瓣贴在树枝上不再飞。心中愁无穷，连同春色都付与江水流向东。

九十天的光阴能够留多久？解尽金龟换酒也无法将春光挽留。告诉那东阳城里卖酒人，而今只求拼个一醉方休，不管今日乐事是否会成为他年的忧伤。

◎ **注释**

渔家傲：词牌名。

纤纤：细小，细微，多用以形容微雨。

和春：连带着春天。

九十：指春光三个月共九十天。

金龟：唐三品以上官佩金龟。此处"金龟解尽"意即彻底解职。

东阳：今浙江省金华市，宋属婺（wù）州东阳郡。

沽酒：卖酒。

拚（pīn）：豁出去，甘冒。

◎ 赏析

此词是作者早年出知婺州（亦称东阳郡，治所在今浙江金华）期间的作品。这首词风格俊丽，是作者的得意之作。原题为《春词》。

开头两句"小雨纤纤风细细，万家杨柳青烟里"，写暮春时节，好风吹，细雨润，满城杨柳，郁郁葱葱，万家屋舍，掩映在杨柳的青烟绿雾之中。正是"绿暗红稀"时候，春天快要悄然归去了。次三句："恋树湿花飞不起，愁无比，和春付与东流水"，借湿花恋树寄寓人的恋春之情。"恋树湿花飞不起"是个俊美的佳句。"湿花"应上"小雨"，启下"飞不起"。"恋"字用拟人法，赋落花以深情。花尚不忍辞树而留恋芳时，人的心情更可想而知了。春天将去的时候，落花有离树之愁，人也有惜春之愁，这"愁无比"三字，尽言二愁。如此深愁，既难排遣，故而词人将它连同春天一道付与了东流的逝水。

"九十光阴能有几？金龟解尽留无计。"感叹春来春去，虽然是自然界的常态，然而美人有迟暮之思，志士有未遇之感，这九十日的春光，也极短暂，说去也就要去的，即使解尽金龟换酒相留，也是留不住的。词句中的金龟指所佩的玩饰，唐代诗人贺知章，曾经解过金龟换酒以酬李白，成为往昔文坛上的佳话。作者借用这个典故，表明极意把酒留春。"寄语东城沽酒市。拼一醉,而今乐事他年泪。"虽然留不住,也要借酒浇愁,拼上一醉,以换取暂时的欢乐。"寄语"一句,谓向酒肆索酒。结句"而今乐事他年泪",一语两意,乐中兴感。

这首词袭用传统作词法:上片写景,下片写情。结句"而今乐事他年泪",一意化两,示遣愁不尽,无限感伤。

学会放弃一件不愉快的事情,是一种保持快乐的能力。快乐与痛苦是一棵并蒂莲,如果我们放不下痛苦,那就永远也不会看到另一边的快乐。"放下就是快乐"是一颗开心果,是一粒解烦丹。只要你心无挂碍,什么都看得开、放得下,何愁没有快乐的春莺在啼鸣,何愁没有快乐的泉溪在歌唱,何愁没有快乐的白云在飘荡,何愁没有快乐的鲜花在绽放!事事都看得开、放得下,才会心无挂碍,轻松快乐。

有一个人小时候因为发高烧救治不及时,导致双眼视力急剧下降,到现在几乎看不见东西了,但他是一个快乐的人,很少把这当成一个包袱。他从一所中专学校毕业后来到一家机械厂医院工作,一段时间后,不满足现状的他又只身来到深圳一家按摩店工作。今年春节,他从遥远的深圳给朋友打电话拜年。朋友对他说,北方的人们正过着一个白色的春节,大雪使这个春节更美丽了。他说:"深圳的天气很好,我现在在街头给你打IP电话,温暖的阳光照在身上暖融融的……"挂掉电话,想像着他非常快乐地在深圳"闯天下",朋友心中顿生羡慕,感受到了他身上的阳光味道。他充满了快乐,人生也没有丝毫欠缺。只要走出阴影的圈子,其实生活还是很美丽,你的天空不是灰色的,而是蓝色的。

原来,生命是可以不必如此负重的。其实,人这一生能得到什么呢？只有过程，只有注满在这个过程中的心情。所以，一定要注满好心情。既然失败已经无可挽回，何不将注意力转移开来。将自身的强烈痛苦化为永恒的美好，何必苦苦执着于那些令自己不快的事物？

"大部分人只要下定决心，就能获得快乐。"这句话是正确的，快乐就应该是来自内心，而不是存在于外在。人生是有限的，摆在我们面前的是许多要我们去完成的事情，而且想做的事更多。在这有限的时间里，如果把时间都浪费在微不足道的小事上，想一想，这是多么可惜的事啊！以前的经历可以成为我们以后的借鉴，但我们不可因此背上包袱，我们还有很长的路要走。丢掉那些失败、哭泣、烦恼，轻轻松松上路，你会越走越快，越走越欢愉，路也越走越宽。

一个人越是能够放得下很多事，他越是快乐。很多时候，问题就像个包袱，挡着你的出路，不如暂且把它搁置一旁，积蓄起新的力量，采取一个新的姿势去实现目标。试想，一个全身挂满了包袱的人，挪一步都会非常吃力，怎么能够奔跑起来呢？一味地用过去的事折磨自己，并痛苦不堪，只会错上加错。

在生活中我们要懂得放弃，有时候放弃不但是一种勇气，而且也是一种智慧。不要抱着旧的思维模式固步不前，时代的发展对我们提出了新的要求。人生有尽，精力有限，如果我们把名誉、财富、权势、地位、爱情等统统抓在手中，就无法腾出手脚去创造，负重太多，就难以远行。为了达到我们更远大的目标，充分实现我们的人生价值，我们要有所放弃，寻求一片属于自己放飞心灵的天空。

## 5. 不如随分尊前醉，莫负东篱菊蕊黄

——忧虑不能改变现实

◎ 出处

李清照《鹧鸪天·寒日萧萧上琐窗》

◎ 原文

寒日萧萧上琐窗，梧桐应恨夜来霜。酒阑更喜团茶苦，梦断偏宜瑞脑香。

秋已尽，日犹长，仲宣怀远更凄凉。不如随分尊前醉，莫负东篱菊蕊黄。

◎ 译文

深秋惨淡的阳光渐渐地照到镂刻着花纹的窗子上，梧桐树也应该怨恨夜晚来袭的寒霜。酒后更喜欢品尝团茶的浓酽苦味，梦中醒来特别适宜嗅闻瑞脑那沁人心脾的余香。

秋天快要过去了，依然觉得白昼非常漫长。比起王粲《登楼赋》所抒发的怀乡情，我觉得更加凄凉。不如学学陶渊明，沉醉酒中以摆脱忧愁，不要辜负东篱盛开的菊花。

◎ 注释

萧萧：凄清冷落的样子。原为象声词，如风声、雨声、草木摇落声、马蹄声。

琐窗：镂刻连锁纹饰之窗户。

酒阑：酒尽，酒酣。阑：残，尽，晚。

瑞脑：即龙涎香，一名龙脑香。

仲宣：王粲，字仲宣，汉末文学家，"建安七子"之一。其《登楼赋》抒写去国怀乡之思，驰名文坛。

随分：随便，随意。

尊前：指宴席上。尊，同"樽"。

东篱菊蕊黄：化用陶渊明《饮酒二十首》的"采菊东篱下"句。

◎ 赏析

这首词写秋景，寄乡愁，通篇从醉酒写乡愁，悲慨有致，凄婉情深。上片叙事，主写饮酒之实"秋已尽，日犹长"写作者个人对秋的感受。下片写饮酒之因，是对上片醉酒的说明：本来是以酒浇愁，却又故作达观之想，而表面上的达观，实际隐含着无限乡愁，词中表露的乡愁和故国沦丧、流离失所的悲苦结合起来，其中的忧愤更深。

结句是超脱语。时当深秋，篱外丛菊盛开，金色的花瓣光彩夺目，使她不禁想起晋代诗人陶渊明"采菊东篱下，悠然见南山"的诗句，自我宽解起来：归家既是空想，不如对着杯中美酒，随意痛饮，莫辜负了这篱菊笑傲的秋光。

当你对生活中的不如意感到烦恼时，你会沉湎于过去，在回忆往事中消磨掉自己的时光吗？当你对未知的世界充满沮丧时，你会无休止地考虑将来的事情吗？对我们每个人来讲，无论是沉湎过去，还是忧虑未来，忧虑的结果都是相同的：不能改变现实。

在漫长的岁月里，我们难免会遇到一些令人不愉快的事情。当然，我们也可以有所选择：我们可以把它们当作不可避免的情况而加以接受，并且适应它们。不要让忧虑来摧毁我们的生活，我们要记住这句话："对不可避免之事，轻松地去承受。"

其实，忧虑是一种流行的通病，几乎每个人都要花费大量的时间为未来担忧。忧虑既然是如此消极而无益，既然你是在为毫无积极效果的行为浪费自己宝贵的时光，那你就完全没有必要为未知的世界而忧虑。

请记住一点，在生活中，不管你怎样对未知的世界充满忧虑，都是于事无补的！你可以让自己的一生在对未来的忧虑中度过，然而无论多么忧虑，你也无法改变自己的现实。

当你对未知的世界充满忧虑时，不妨做一次深呼吸，一切由他去！睁开眼睛，再轻松地闭起来，告诉自己，别怕！明天会更好！

## 6. 零落成泥碾作尘,只有香如故

——孤芳自赏,活出自己的个性

◎ 出处

陆游《卜算子·咏梅》

◎ 原文

驿外断桥边,寂寞开无主。已是黄昏独自愁,更著风和雨。

无意苦争春,一任群芳妒。零落成泥碾作尘,只有香如故。

◎ 译文

驿站外断桥旁。梅花寂寞地开放,孤孤单单,无人来欣赏。黄昏里独处已够愁苦,又遭到风吹雨打而飘落四方。它花开在百花之首,却无心同百花争享春光,只任凭百花去忌妒。即使花片片飘落被碾作尘泥,也依然有永久的芬芳留在人间。

◎ 注释

驿(yì)外:指荒僻、冷清之地。驿,驿站,供驿马或官吏中途休息的专用建筑。

寂寞:孤单冷清。

无主:自生自灭,无人照管和玩赏。

更:副词,又,再。

更著:又遭到。

无意：不想，没有心思。自己不想费尽心思去争芳斗艳。

苦：尽力，竭力。

争春：与百花争奇斗艳。此指争权。

一任：全任，完全听凭。

群芳：群花、百花。百花，这里借指诗人政敌——苟且偷安的主和派。

妒（dù）：嫉妒。

零落：凋谢，陨落。

碾（niǎn）：轧烂，压碎。

作尘：化作灰土。

香如故：香气依旧存在。

◎ 赏析

孤芳自赏往往被人视为自命清高，偏执孤傲，不合群，是被批评、遭贬斥的一种人生态度。其实孤芳自赏只是一种自我欣赏，当全世界都不懂得你、不赏识你时，至少还有自己，还能自赏。懂得孤芳自赏，知道欣赏自己，知道"芳"在哪里，才能更好地将芳香呈现出来，从而让周围的人都能感受到你的芳香。活出自己的个性，孤芳自赏又何妨，这就是陆游这首咏梅的千古绝唱所流露的人生智慧。

人性的美丽在于那迷人的个性。你的个性就是你的风格。凡是高情商的人都有其突出的个人魅力，这种魅力即来源于他的个性，而他的个性又表现在他做人的方式、做事的风格上。他的一举一动、一言一行，无不体现着他的个人魅力，表现着他个人的风格。

我们知道，世界上的所有生物都有其自身的特点，正是依靠着这些特点，他们才得以在这个星球上生存。在现代社会，知名的商品都讲究"品牌战略"，有了品牌，这种商品才可以走得更远。我们人自然也不例外。我们要在社会中生存、立足，要与别人相处、共事，要发展自己，使自己也踏上成功之路，就要靠我们的特点、个性、风格和"品牌"。

你的个性是你的特点与你的外表的总和，这些也就是你所以为你、区别于他人的地方。你所穿的衣服，你脸上经常出现的表情，你脸上的线条，你的声调、语气乃至于你的思想，以及你由这些思想所发展出来的品德，所有的这一切就构成了你的个性，而你的个性在生活中较稳定地表现出你自己的风格。

你的风格或者个性，即使是你自己也很难用语言来概括。你的风格体现于你生命的整体，从你做人、做事、行为举止等各个部分都能体现出来，但又不是特指某个部分。

每一个人都是一个世界，都有自己独特的个性和风格，但是，人类灵魂深处却有着一根共同的弦，那就是人类的情感。对于高情商的人来说，我们需要做的，就是找到这一根弦，并将它轻轻拨响。

你的内心世界决定了你的个性，你的思想品德高尚与否决定了你的风格的有无。

要活出自己的风格，表现出你受人欢迎的个性，还得从加强你的文化修养、丰富你的精神世界做起。要活出自己的风格，而且使别人也能接受、欣赏你的风格，首先要求你的风格令人喜爱。如果你自己的风格人见人厌，那不要这种风格恐怕还会好一些。再就是你要强化自己的风格，一旦发现你的某种行为深受众人喜爱，你不妨将其加强突出。这样，你的风格就会越来越突出。

有了自己的风格，还要找机会展示自己的风格，展示自己独特的人格魅力和个性魅力。对于现代人来说，展示自己风格和魅力的地方很多，比如，大学生毕业求职的时候、演说的时候、述职的时候，甚至在我们做一些日常工作以及生活当中，都有无数个展现我们个性魅力的机会。生活已经告诉我们，如果你拥有一种令人倾倒的人格魅力，那么，你在人生的旅途中就会游刃有余，这也同时意味着你拥有了一笔巨大的财富，它会让你享受人生的快乐和喜悦，它也让你赢得身边人的喜爱和信任。

## 7. 欲将心事付瑶琴，知音少，弦断有谁听

——千金易得，知己难求

◎ 出处

岳飞《小重山·昨夜寒蛩不住鸣》

◎ 原文

昨夜寒蛩不住鸣。惊回千里梦，已三更。起来独自绕阶行。人悄悄，帘外月胧明。

白首为功名。旧山松竹老，阻归程。欲将心事付瑶琴。知音少，弦断有谁听？

◎ 译文

昨夜，寒秋蟋蟀不住哀鸣，梦回故乡，千里燃战火，被惊醒，已是三更时分。站起身，独绕台阶踽踽行。四周静悄悄，帘外，一轮淡月正朦胧。

为国建功留青史，未老满头霜星星。家山松竹苍然老，无奈议和声起、阻断了归程。想把满腹心事，付与瑶琴弹一曲。知音稀少，纵然弦弹断，又有谁来听？

◎ 注释

小重山：词牌名。一名《小冲山》《柳色新》《小重山令》。唐人常用此调写宫女幽怨。《词谱》以薛昭蕴词为正体。五十八字。上下片

各四句，四平韵。换头句较上片起句少二字，其余各句上下片均同。另有五十七字、六十字两体，是变格。

寒蛩（qióng）：秋天的蟋蟀。

千里梦：指赴千里外杀敌报国的梦。

三更：指半夜十一时至翌晨一时。

月胧明：月光不明。胧，朦胧。

功名：此指收复失地而建功立业。

旧山：家乡的山。

付：付与。

瑶（yáo）琴：饰以美玉的琴。

知音：比喻知己，同志。

◎ 赏析

这首《小重山》是元帅帐内夜深人静时岳飞诉说的自己内心的苦闷——他反对妥协投降，他相信抗金事业能成功，并已取得了多少重大战役的胜利，这时宋高宗和秦桧力主和议，坚持和金国谈判议和，使他无法反抗。这就是绍兴八年（1138年）宋金"议和"而不准动兵的历史时期。

这首《小重山》虽然没有《满江红》那么家喻户晓，但是通过不同的风格特点和艺术手法表达了作者隐忧时事的爱国情怀。上片是即景抒情，寓情于景，忧国忧民使他愁怀难遣，在凄清的月色下独自徘徊。下片写他收复失地受阻，要抗金却是"知音少"，内心郁闷焦急。

古往今来的人们一直都在追寻着能交心的知己。一生穷困潦倒的诗圣杜甫说:"百年歌自苦,未见有知音。"纳兰性德说:"泠泠彻夜,谁是知音者"。鲁迅说:"人生得一知己足矣,斯世当以同怀视之。"

朋友间的友谊靠的是赤诚相见,志趣相投,而不是靠甜言蜜语来维护的。物质上的交换,肉麻的吹捧,互相利用甚至尔虞我诈,是应该唾弃的。真正的友谊应该经得起时间的考验,也经得起环境的考验。

有一个故事:一个女子待嫁闺中,有三位追求者,谁去谁从,她一时难以抉择。这名女子心想一计,假装成双目忽然失明,然后通知三个追求者。

甲前往慰问,叫她耐心地医治,而对彼此间的关系未置可否。乙见女子已成瞎子,不再去探望。丙却一直守候她的床前,发誓万一不幸,眼睛不能复明,彼此间的爱情依旧如故。三个追求者的真情,通过她"失明"检验,自然分得明明白白。"盲女子"遂嫁给了丙。

甲、乙都笑丙太痴情,谁知定情之夕,才发现该女子明察秋毫。甲、乙大为惊异,疑为上天保佑,经女子一说明,才知是女子所施的巧计。

当然,故事中那种检验爱情的办法不值得提倡,但它可以说明一个道理:患难之中见真情。当一个人处于逆境和患难之中时,是离他而去还是向他伸出援助的双手,这才是对友谊的考验。

朋友之间的友谊不是体现在饭桌上,也不是吃出来的、喝出来的。真正的友谊,是双方在志同道合的基础上建立的一种高尚情感,它根植于互相帮助、共同进步的沃土之中。

## 8. 蓦然回首，那人却在，灯火阑珊处

——不落俗套，做真实的自己

◎ 出处

辛弃疾《青玉案·元夕》

◎ 原文

东风夜放花千树，更吹落，星如雨。宝马雕车香满路。凤箫声动，玉壶光转，一夜鱼龙舞。

蛾儿雪柳黄金缕，笑语盈盈暗香去。众里寻他千百度，蓦然回首，那人却在，灯火阑珊处。

◎ 译文

像东风吹散千树繁花一样，又吹得烟火纷纷、乱落如雨。豪华的马车走过使满路留有芳香。悠扬的凤箫声四处回荡，玉壶般的明月渐渐西斜，一夜鱼龙灯飞舞笑语喧哗。

美人头上都戴着亮丽的饰物，笑语盈盈地随人群走过，身上香气飘洒。我在人群中寻找她千百回，猛然一回头，不经意间却在灯火零落之处发现了她。

◎ 注释

青玉案：词牌名。

元夕：农历正月十五日为上元节，元宵节，此夜称元夕或元夜。

"东风"句：形容元宵夜花灯繁多。花千树，花灯之多如千树开花。

星如雨：指焰火纷纷，乱落如雨。星，指焰火，形容满天的烟花。

宝马雕车：豪华的马车。

"凤箫"句：指笙、箫等乐器演奏。凤箫，箫的美称。

玉壶：比喻明月，亦可指灯。

鱼龙舞：指舞动鱼形、龙形的彩灯，如鱼龙闹海一样。

"蛾儿"句：写元夕的妇女装饰。蛾儿、雪柳、黄金缕，皆古代妇女元宵节时头上佩戴的各种装饰品。这里指盛装的妇女。

盈盈：声音轻盈悦耳，亦指仪态娇美的样子。

暗香：本指花香，此指女性身上散发出来的香气。

他：泛指第三人称，古时包括"她"。

千百度：千百遍。

蓦然：突然，猛然。

阑珊：零落稀疏的样子。

◎ 赏析

这首词写元宵之夜的盛况。"蓦然回首，那人却在灯火阑珊处"：偶一回头，却发现自己的心上人站立在昏黑的幽暗之处。同时，还有一种说法认为：站在灯火阑珊处的那个人，是对作者自己的一种写照。根据历史背景可知，当时的作者不受重用，文韬武略施展不出，心中怀着一种无比惆怅之感，所以只能在一旁孤芳自赏。也就像站在热闹氛围之外的那个人一样，给人一种清高不落俗套的感觉，体现了受冷落后不肯同流合污的高士之风。

人生如戏，戏如人生。每个人都喜欢站在舞台上受人拥戴，那会让人觉得自己身份特殊，是高高在上的。然而，大多数站在舞台上的人，为了维护既定的形象，往往都被迫戴上了面具为自己伪装，且在"假象"的遮盖下丧失了真性情，久而久之，甚至忘了自己是谁！

明明伤心，仍要装着笑脸；明明想爱，却裹足不前；明明不想做，却牺牲自己以迎合别人；明明满心愤怒，却不敢以真面目示人。

当一个人戴惯了面具后，常无法分清楚哪一个才是真正的自我。等到想要找回自己的时候才发现，在层层叠叠的伪装下，自我早已消失殆尽。

请比较自己在别人面前的表现，与内心真正的感觉之间的差异。请问问自己，是否为了维护形象而压抑了内心真实的感受，是否觉得自己很虚伪、很人工、很表面。

其实，没有人可以取悦所有的人，何不潇洒地脱下面具从禁锢中解脱出来！只要自认为是对的，为什么不尝试以往因顾及形象而不敢做的事，说出从前不敢说的话呢！

其实在生活中，获得幸福的最有效的方法就是脱掉伪装，潇洒地做自己。

紧紧拥抱自己的快乐，好好享受自己的人生！人生苦短，没有必要让自己过得和其他人一样，更不用让自己走上别人的路。做回自己，脱下一切伪装，轻轻松松开始自己的生活！拥有快乐，你就拥有了一切！

# 第五章 旷达境界：心若无尘，清风自来

不要为了金钱丢掉快乐，物质财富的确能给心灵带来一时的快乐，但物质繁荣，也有可能剥夺人们快乐的美好时光。

## 1. 谁羡骖鸾，人在舟中便是仙

——留一个空间给爱好

◎ 出处

欧阳修《采桑子·天容水色西湖好》

◎ 原文

天容水色西湖好，云物俱鲜。鸥鹭闲眠，应惯寻常听管弦。

风清月白偏宜夜，一片琼田。谁羡骖鸾，人在舟中便是仙。

◎ 译文

西湖风光好，天光水色融成一片，景物是那么鲜丽。鸥鸟白鹭安稳地睡眠，它们早就听惯了不停的管弦乐声。

那风清月白的夜晚更是迷人，湖面好似一片白玉铺成的田野，有谁还会羡慕乘鸾飞升成仙呢？这时人在游船中就好比是神仙啊！

◎ 注释

云物：云彩、风物。

琼田：传说中的玉田。

◎ 赏析

这首词写月夜泛舟西湖的感受。一开头便以喜悦之情赞美西湖水天一色，景物俱鲜。湖中的鸥鹭早已习惯了游人欢乐的管弦之声，故能安然入睡。这中间也表露出作者心怀坦然、与物有情的恬淡心境。接下来着重写月夜泛舟的感想，在风清月白的夜色中，莹碧洁白的湖水犹如神话传说中的玉田令人心旷神怡，此情此景，人在舟中便是神仙，不必再羡慕那乘骖鸾而去的仙人。这首词虽然不长，但在夜游中体会到了人生的美好，反映了作者乐观旷达的人生态度。

工作再忙，也要给自己的爱好留一点时间和空间，因为这意味着给自己的精神和心灵留一点时间和空间。只有坚持爱好，精神才会有所寄托，心灵才会有所附着。

记得在《快乐星球》里，其中一集是乐乐因为过于沉迷于足球而被妈妈训话。乐乐妈妈说："你是一个学生，你明白学习对一个学生有多重要，足球能给你带来什么，能给你带来好成绩吗？"

乐乐回答说："足球能给我带来快乐。"

而乐乐爸爸也因为爱好足球，所以同意了妻子的约法三章，只要有足球赛可看，那么拖地、做饭、洗衣全包。可以说为了兴趣爱好是做出了巨大的"牺牲"。那么现实生活中的我们是为了兴趣爱好而做出了"牺牲"，还是为了生活舍弃了自己的兴趣爱好？

爱好是一种乐趣，一种情调。爱好能丰富人的精神世界，拓宽生命的边界。正因为有了多种多样的爱好，人生才能丰富多彩。爱好可以引导一个人寻觅与发现人生与社会之中许多未知与美好，甚至成为人生的导游。在由爱好搭建起的生活空间里，我们可以自得其乐，尽情发挥。

人生就是一场旅行，不必在乎目的地，应该在乎的，是沿途的风景，及看风景的心情。

## 2. 占得人间一味愚

——用智慧化解不必要的麻烦

◎ 出处

苏轼《南乡子·自述》

◎ 原文

凉簟碧纱厨。一枕清风昼睡馀。睡听晚衙无一事，徐徐。读尽床头几卷书。

搔首赋归欤。自觉功名懒更疏。若问使君才与术，何如。占得人间一味愚。

◎ 译文

簟席生凉，碧纱橱帐，白日里闲眠醒来，枕边轻风拂过。躺在床上听闻向晚的衙门里没什么公事，慢慢地，把床头的几卷书给看完了。

搔着脑袋吟诵起归隐的诗句来，自己感到对功名利禄已经没多少兴趣。假如有人问起我的能耐如何，只不过是一个愚字罢了。

◎ 注释

南乡子：词牌名。

自述：题目一作《和杨元素》。

簟（diàn）：竹席。

碧：绿色。

纱厨：古人挂在床的木架子上，夏天用来避蚊蝇的纱帐。

一枕清风：是苏轼非常喜欢用的意象。如"一枕清风直万钱，无人肯买北窗眠。"

晚衙：古时官署治事，一日两次坐衙。早晨坐衙称"早衙"，晚间坐衙称"晚衙"。

归欤：即归去。据《论语·公冶长》载，孔子在陈国的时候，曾发"归欤"的感叹。

懒更疏：即懒散，不耐拘束。

使君：太守，此系作者自指。作者当时任徐州太守。

占得：拥有。

一味：所有，全部。

◎ 赏析

当别人问及"使君"的才学时，苏轼能通达、释然而略带自嘲地说自己是"占得人间一味愚"。言外之意，在他看来，是否有才学并不重要，但自己到现在才看破功名，这才是真的"一味愚"。整个下片议论，表面上看都是自嘲，在贬低自己，实际却是在表达一种摆脱尘世功名束缚的愿望，同时也是在庆幸自己已经慢慢摆脱了这些束缚。

古语云：大智若愚，大巧若拙。这句话的大概意思是拥有大智慧的人往往都表现很愚钝，身手很灵敏的人往往都表现得很笨拙。其实，这是一种境界。人生中适当的"傻"是一种美德，也是一种智慧。

因为油漆住屋，马东到附近一家很清静的小旅馆去避居几日。他带的行李只是一个装着两双袜子的雪茄烟盒，另有一份旧报纸包着一瓶酒，以备不时之需。

午夜时分，马东忽然听到浴室中有一种奇怪的声音。过了一会儿，出来了一只小老鼠，它跳上镜台嗅嗅他带来的那些东西。然后又跳下地，在地板上做了些怪异的老鼠体操，后来它又跑回浴室，不知忙些什么，终夜不停。

第二天早晨，马东对打扫房间的女服务员说："这间房里有老鼠，胆子很大，吵了我一夜。"女服务员说："这旅馆里没有老鼠。这是头等旅馆，而且所有的房间都刚油漆过。"

马东下楼时对电梯司机说："你们的女服务员倒真忠心。我告诉她说昨天晚上有只老鼠吵了我一夜。她说那是我的幻觉。"

电梯司机说："她说的对。这里绝对没有老鼠！"

马东的话一定被他们传开了。服务员和门卫在马东走过时都用怪异的眼光看他。此人只带两双袜子和一瓶酒来住旅馆，偏又在绝对不会有老鼠的旅馆里看见了老鼠！

无疑，马东的行为替他博得了近乎荒诞的评语。

第二天晚上，那只小老鼠又出来了，照旧跳来跳去活动一番。马东决定采取行动。

第三天早晨，马东到店里买了只老鼠笼和一小包咸肉。他把这两件东西包好，偷偷带进旅馆，不让当时值班的员工看见。第二天早上他起身时，看到老鼠在笼里，既是活的，又没有受伤。马东不预备对任何人说什么。只打算把它连笼子提到楼下，放在柜台上，证明自己不是无中生有地瞎说。

但在准备走出房门时,他忽然想到:"慢着!我这样做,岂不是太无聊,而且很讨厌?是的!我所要做的是爽爽快快证明在这个所谓绝对没有老鼠的旅馆里确实有只老鼠,从而一举消灭它。我这样做,是自贬身价,使我成为一个不惜以任何手段证明我没有错的器量狭窄、迂腐无聊的人……"

想到这,马东赶快轻轻走回房间,把老鼠放出,让它从窗外宽阔的窗台跑到邻屋的屋顶上去。

半小时后,他下楼退掉房间,离开旅馆。出门时把空老鼠笼递给侍者。厅中的人都向马东微笑点头,看着他推门而去。

常言说"聪明难,糊涂更难",是说我们在处理事情的时候要保持清醒的头脑很难,但要在适当的时候糊涂更难。因此,装傻不仅是一种艺术,更是一种真正的人生大智慧,是真正的聪明。

## 3. 城中桃李愁风雨,春在溪头荠菜花

### ——最后的笑声才是最甜的

◎ 出处

辛弃疾《鹧鸪天·陌上柔桑破嫩芽》

◎ 原文

陌上柔桑破嫩芽,东邻蚕种已生些。平冈细草鸣黄犊,斜日寒林点暮鸦。

山远近,路横斜,青旗沽酒有人家。城中桃李愁风雨,春在溪头荠菜花。

◎ 译文

田间小路边桑树柔软的新枝上刚刚绽放出嫩芽,东面邻居家养的蚕种已经孵出了小蚕。平坦的山岗上长满了细草,小黄牛在哞哞地叫,落日斜照春寒时节的树林,树枝间栖息着一只只乌鸦。

青山远远近近,小路纵横交错,飘扬着青布酒旗那边有一户卖酒的人家。城里的桃花李花最是害怕风雨的摧残,最明媚的春色,正是那溪边盛开的荠菜花。

◎ 注释

鹧鸪天:小令词调,双片五十五字,上片四句三平韵,下片五句三平韵。唐人郑嵎诗"春游鸡鹿塞,家在鹧鸪天",调名取于此。又名

《思佳客》《思越人》《剪朝霞》《骊歌一叠》。

些：句末语助词。

平冈：平坦的小山坡。

暮鸦：见王安石《题舫子》"爱此江边好，留连至日斜。眠分黄犊草，坐占白鸥沙。"这里隐括其句。

青旗：卖酒的招牌。

荠菜：二年生草本植物，花白色，茎叶嫩时可以吃。

◎ 赏析

宋词中不乏对坚强的讴歌。辛弃疾在一首《鹧鸪天·石壁虚云积渐高》词中写道："自从一雨花零落，却爱微风草动摇。"当他发现鲜花虽然美丽娇艳，但风雨过后就零落成泥，而小草不畏风雨，不会被风雨摧折时，他就爱上了坚强的小草。而在另一首《鹧鸪天·寻菊花有无戏作》词中，辛弃疾又写道："要知烂漫开时节，直待西风一夜霜。"盛赞菊花凌霜怒放、不畏严寒的坚强风姿。还有苏轼在《望江南·暮春》词中写道："百舌无言桃李尽，柘林深处鹁鸪鸣。春色属芜菁。"与辛弃疾这句"城中桃李愁风雨，春在溪头荠菜花"意思几乎相同，都表现出对坚强的讴歌与赞美。

人在奋斗的过程中虽然可能吃尽了苦头，但最后的笑声才是最甜的，最后的成功才是具有决定意义的成功，起初的成就和痛苦只不过都是为后来而设的奠基石。选择坚强，它会引领我们走向成功，将我们的人生从旧有的模式引向一个更新、更好、更理想的航程。

生活中，每个人都会面临失败的考验，考验他们的意志、他们的心态。不必否认，成功者也会失败，但他们之所以能够成功，就在于他们失败了以后，不是为失败而哭泣流泪，不是消极厌世，而是从失败中总结教训，并勇敢地站起来，抚平伤痕继续前行……

不经历风雨就不会见到彩虹，任何一个人在走向成功的过程中，都不会是一帆风顺、平平坦坦的，都会走一些弯路，经历一些坎坷，在一次又一次地跌倒之后才能为成功找到出路和方向。

## 4. 一点浩然气，千里快哉风

——坦然地面对生活中的不幸

◎ 出处

苏轼《水调歌头·黄州快哉亭赠张偓佺》

◎ 原文

落日绣帘卷，亭下水连空。知君为我，新作窗户湿青红。长记平山堂上，欹枕江南烟雨，杳杳没孤鸿。认得醉翁语，山色有无中。

一千顷，都镜净，倒碧峰。忽然浪起，掀舞一叶白头翁。堪笑兰台公子，未解庄生天籁，刚道有雌雄。一点浩然气，千里快哉风。

◎ 译文

落日中卷起绣帘眺望，亭下江水与碧空相接，远处的夕阳与亭台相映，空阔无际。为了我的来到，你特意给窗户上涂上了朱漆，色彩犹新。这让我想起当年在平山堂的时候，靠着枕席，欣赏江南的烟雨，遥望远方天际孤鸿出没的情景。今天看到眼前的景象，我方体会到欧阳醉翁词句中所描绘的，山色若隐若现的景致。

广阔的水面十分明净，山峰翠绿的影子倒映其中。忽然江面波涛汹涌，一个渔翁驾着小舟在风浪中掀舞。见此不由得想起了宋玉的《风赋》，像宋玉这样可笑的人，是不可能理解庄子的风是天籁之说的，硬说什么风有雄雌。其实，一个人只要具备至大至刚的浩然之气，就能在任何境遇中都处之泰然，享受到无穷快意的千里雄风。

◎ 注释

水调歌头：词牌名，又名《元会曲》《台城游》《凯歌》《江南好》《花犯念奴》等。双调，九十五字，平韵（宋代也有用仄声韵和平仄混用的）。

湿青红：谓漆色鲜润。

平山堂：宋仁宗庆历八年（1048年）欧阳修在扬州所建。

欹枕：谓卧着可以看望。

醉翁：欧阳修别号。

"山色"句：出自欧阳修《朝中措·送刘仲原甫出守淮扬》。

倒碧峰：碧峰倒影水中。

一叶：指小舟。白头翁：指老船夫。

兰台公子：指战国楚辞赋家宋玉，相传曾做兰台令。

庄生：战国时道家学者庄周。

天籁：发于自然的音响，即指风吹声。

刚道：硬说的意思。

"一点"两句：谓胸中有"浩然之气"，就会感受"快哉此风"。《孟子·公孙丑上》有"我善养吾浩然之气"，"其为气也至大至刚，以直养而无害，则塞于天地之间。"指的是一种主观精神修养。

◎ 赏析

这首词又名《快哉亭作》，是苏轼豪放词的代表作之一。全词熔写景、抒情、议论于一炉，既描写了浩阔雄壮、水天一色的自然风光，又灌注了一种坦荡旷达的浩然之气，展现出作者身处逆境却泰然处之、大气凛然的精神风貌，抒发了作者旷达豪迈的处世风格。

"天有不测风云，人有旦夕祸福。"不幸常像幽灵般地降临到人间，它能将你摧残得支离破碎，心神俱疲。往往一场不幸，就能毁掉你的前程和事业。面对不幸该如何处理呢？

如果抓住不幸不放，那么痛苦和消沉就会侵害你的灵魂。所以，我们应敞开胸怀，学会释放不幸的压力。

## 5. 回首暮云远，飞絮搅青冥

### ——兴趣爱好可以陶冶情操

◎ 出处

苏轼《水调歌头·昵昵儿女语》

◎ 原文

欧阳文忠公尝问余："琴诗何者最善？"答以退之听颖师琴诗最善。公曰：此诗最奇丽，然非听琴，乃听琵琶也。余深然之。建安章质夫家善琵琶者，乞为歌词。余久不作，特取退之词，稍加隐括，使就声律，以遗之云。

昵昵儿女语，灯火夜微明。恩怨尔汝来去，弹指泪和声。忽变轩昂勇士，一鼓填然作气，千里不留行。回首暮云远，飞絮搅青冥。

众禽里，真彩凤，独不鸣。跻攀寸步千险，一落百寻轻。烦子指间风雨，置我肠中冰炭，起坐不能平。推手从归去，无泪与君倾。

◎ 译文

乐声初发，仿佛静夜微弱的灯光下，一对青年男女在亲昵地窃窃私语。弹奏开始，音调既轻柔、细碎而又哀怨、低抑。曲调由低抑到高昂，犹如气宇轩昂的勇士，在骤响的鼓声中，跃马驰骋，不可阻挡。乐曲就如远天的暮云，高空的飞絮一般，极尽缥缈幽远之致。

百鸟争喧，明媚的春色中振颤着婉转错杂的啁啾之声，唯独彩凤不鸣。瞬息间高音突起，好像走进悬崖峭壁之中，寸步难行。这时音声陡然下降，宛如突然坠入深渊，一落千丈，之后弦音戛然而止。弹者好像能兴风作雨，让人肠中忽而高寒，忽而酷热，坐立不宁。弹者把琵琶一推放下，散去的听众再也没有泪水可以倾洒了。

◎ 注释

水调歌头：词牌名，又名《元会曲》《凯歌》《台城游》等。双调，九十五字，平韵（宋代也有押仄韵的）。

昵昵：音逆，古音尼。象声词，形容言辞亲切。

尔汝：表示亲昵。

填然：状声响之巨。

青冥：①形容青苍幽远。指青天。②形容青苍幽远。指山岭。③指海水。

跻攀：登攀。

寻：长度单位。

◎ 赏析

这首词先以一系列生动的比喻正面描绘乐师高妙的弹技和音乐之美。开头四句写乐声初起的轻柔哀怨，仿佛静夜灯火微明之处一对青年男女在昵昵谈情说爱，琵琶声伴着恩恩怨怨的眼泪。忽然间，乐曲由低抑变为高昂，犹如气宇轩昂的勇士在战鼓隆隆中跃马驰骋，不可阻挡。随之曲调变化，回首看见暮云远去，飞絮搅动青天，缥缈幽远。听着，听着，随着乐曲，又仿佛看见除了彩凤以外百鸟合鸣，声音婉转错杂。此时，曲调高音突起，又好像在攀登悬崖峭壁，寸步艰难，正在为难之际，曲声戛然而止，犹如一下子掉落万丈深渊，让人惊心动魄。最后五句写听者的感受，"指间风雨"是写乐师技艺之高，可以兴风作雨。"肠中冰炭"，写听者感受之深，可以使听者肠中忽寒忽热，心潮起伏，坐立不宁，难以禁受。由于听弹奏时被感动得连连泪下，分手时已再无眼泪可以与友人相别了。这首词以生动的比喻和联想，描绘出了精妙演出的高超技艺和音乐对人的强烈感染力。事实证明，音乐不但可以使人暂时摆脱生活中杂事的干扰，使人进入放松状态，而且可以增强注意力，发展和丰富想象力、创造力，净化心灵，开阔视野，陶冶情操。追求幸福的人生，就应该多培养这样的兴趣爱好。

现代人一般都有一份属于自己的工作，工作是让一个人稳定且有规律生活的保障，不应该放弃。有一份工作让你知道每天可以有什么地方去，有时候你会觉得受益于此。可是很多人都讨厌自己的工作，正所谓"干一行厌一行"。要从别人口袋里赚来钱总是不容易的，有外人不知道的难言之处。

大部分人下班后的生活其实相当乏味单调。往电视机或电脑前面一坐，时间哗哗地大段溜走。只要一看电视，你就什么也干不了。这是一种懒惰的惯性，坐在沙发上，哪怕节目十分无聊幼稚，你也会不停地换台，不停地搜寻勉强可以一看的节目，按下关闭键显得那么困难。很多人在工作以外都是这样的"沙发土豆"。黄金般的周末，多半也是在不愿意起床、懒得梳洗、不想出门中胡乱度过。同时，几乎所有人都在抱怨没有时间，真的有时间的时候又不知道该如何打发时间，只是习惯性地想到睡觉和"机械运动"——看电视、玩一款熟得不能再熟的电脑游戏。事后又觉得懊恼，心情愈加沉闷。

这就需要你在八小时以外，能够培养一种自己的兴趣爱好，在增长自己知识的同时提升自己的品位！闲暇时间说多不多，说少却也不少。为了打发时间，也应该培养一门高雅的兴趣爱好。

兴趣是一种人们喜好的情绪，不但能够丰富人的心灵，而且可以为枯燥的生活添加一些乐趣，同时还能借着它对社会有所贡献。所以，一个人只要为自己的兴趣去追求和努力，兴味盎然地去做事情，就能把生活点缀得更加美好。

人有各种各样的爱好，这完全依个人的兴趣而定，有高雅艺术方面的，也有在生活中形成的一些习惯。总之，自己喜欢做，又有一定追求价值的都可以算，当然，这里说的兴趣不包括吃零食、睡觉、看电视之类的。

还要特别记住，爱好只是一种乐趣而不是日常工作。爱好的事物都是喜欢的，只要喜欢就做，用不着担心是否可以完成。在过程中体验乐趣，这才是爱好的真正意义。比如说画画，不一定非得画得完完全全，不一定非得有什么主题，即兴发挥、兴趣所至就行。

业余爱好还有一个重要的心理辅助功能，那就是增强人的自信心。当你忙碌了一天，却因发现自己一事无成而很不开心时，不妨忘掉这些，马上投入自己爱好的事情上，这时你会忘掉一天的烦恼，进入享乐的情趣中，同时自信又会重新产生。爱好的事情常常都会做得非常好，因为这是自己的特长，甚至有时一个人的爱好还可成为一个谋生手段，改变一个人的职业生涯。所以，当你无所事事时，不妨发展自己的爱好，它可以帮助你减轻生活压力，同时带来无穷的乐趣。

如果人有自己的主见，有自己的目标，有自己的爱好，或许他们会有美好的未来。可见，发展个人的兴趣与爱好对于人来说有多么重要，它影响着一个人独有的气质，甚至未来的幸福。

## 6. 一松一竹真朋友，山鸟山花好弟兄

——让自己愉快起来

◎ 出处

辛弃疾《鹧鸪天·博山寺作》

◎ 原文

不向长安路上行，却教山寺厌逢迎。味无味处求吾乐，材不材间过此生。

宁作我，岂其卿。人间走遍却归耕。一松一竹真朋友，山鸟山花好弟兄。

◎ 译文

不在往帝都的路上奔波，却多次往来于山寺以致让山寺讨厌。在有

味与无味之间追求生活乐趣，在成材与不成材之间度过一生。

我宁可保持自我的独立人格，也不趋炎附势获取功名。走遍人间，过了大半生还是走上了归耕一途。松竹是我的真朋友，花鸟是我的好弟兄。

◎ 注释

鹧鸪天：词牌名，又名《思佳客》等，双调五十五字，上、下片各三平韵。

长安路：喻指仕途。长安，借指南宋京城临安。

厌逢迎：往来山寺次数太多，令山寺为之讨厌。此为调侃之语。

◎ 赏析

"一松一竹真朋友，山鸟山花好弟兄。"辛弃疾意托于松竹花鸟，守君子之志的意向自不待言，其中或许也包含着对仕途人情的戒畏。松竹真朋友，花鸟好弟兄，只有他们不会让辛弃疾伤心失望。作者移情于大自然，在山居中与松竹花鸟为友，也会净化心灵，得到人生乐趣的补偿。

假如你生活在竞争激烈的社会中，常常有活得累、活得艰难的感觉，就要明白，这其中虽有客观因素，但主要的因素还是自己。我们的命运取决于我们自己的心理状态。如果我们想的都是快乐的事情，那么我们就能快乐；如果我们想的都是悲伤的事情，那么我们就会悲伤；如果我们想的全是绝望的事情，那么我们就会绝望；如果我们想的全是失败的事情，那么我们就会失败。正如富兰克林·罗斯福所说的："一个人心灵的平静和生活的乐趣，并非取决于他拥有何物、有何地位或置身于何种情境——总之，与个人的外在条件并无多大关系，而是取决于个人的心理态度、精神追求。"

心情有时如一棵树，快乐是笔直的树干，秋天来时，抖抖快乐的枝干，那些枯黄的树叶和愁云便会纷纷扬扬地摔落。春天来时，抖抖快乐的枝干，生活便会展开美丽的笑颜。

德山禅师在尚未得道之时曾跟着龙潭大师学习，日复一日地诵经苦读，让德山有些忍耐不住。

一天，他跑来问师父："我就是师父翼下正在孵化的一只小鸡，真希望师父能从外面尽快地啄破蛋壳，让我早一天破壳而出啊！"

龙潭笑着说："被别人剥开蛋壳而出来的小鸡，没有一个能活下来的。母鸡的羽翼只能提供让小鸡成熟和有破壳力量的环境，你突破不了自我，最后只能胎死腹中。不要指望师父能给你什么帮助。"

德山听后，满脸迷惑，龙潭看了看他，说："天已经黑了，回去休息吧。"但当德山走出去时，他看到外面非常黑，就说："师父，天太黑了。"于是龙潭给了他一支点燃的蜡烛，然而，他刚接过来，龙潭就把蜡烛吹灭了，并对德山说："如果你心头一片黑暗，那么，什么样的蜡烛也无法将其照亮！即使我不把蜡烛吹灭，也许当你走出去的时候，风也会把它吹灭。但如果你心中点亮了一盏心灯，那么天地之间自然会一片光明。"

德山听后，如梦初醒，后来果然青出于蓝，成了一代大师。

芸芸众生，茫茫人海，我们常常在寻找快乐的答案，其实，快乐是一个多元化的命题，我们在追求着快乐，快乐也时刻伴随着我们。只不过，很多时候，我们身处快乐之中，在远近高度的不同角度看到的总是别人的快乐，往往没有细心感受自己所拥有的快乐。因此说，快乐并没有与自己相距甚远，很多人之所以没有感受到快乐，是因为他们缺少方寸之间的平和。

劳伦斯在他一首诗中这样写道："有一样东西我会矢志不渝，拼死力争，这就是内心那点安宁，方寸之间的和平。"有一首禅诗也曾说："身如菩提树，心似明镜台，时时勤拂拭，莫使惹尘埃。"人常常受外界环境影响而使自己的心灵遭受了物化。所以，在物化的情况下，我们要懂得清洗自己的心灵，时时勤拂拭，找到方寸之间的平和，这样才能拥有一个快乐的心境。

没有严冬，如何能体会夏季的美丽？没有小人，我们的品行有何夸耀之处？妻子不耍小脾气，如何体现男人的大度？总是盯着事物的负面，等于将阳光关在心灵的窗外。永远相信和理解生活中美好的东西，永远保持充沛的活力和乐观的情绪，那么快乐就会永远围绕着你。

快乐并不是遥不可及的东西，重要的是在你的心里留给快乐一个位置。每一个人都可以通过改变思想去改变自己的情绪和行为，从而改变自己的人生。我们每天遇到的事物，都包含快乐的因素，取舍全由个人决定。因为在所有的事情和经验里面，正面和负面的意义同时存在，把事情和经验转为绊脚石还是踏脚石，完全由你自己决定。

# 第六章

## 超然境界：有得有失，才是人生

在人生的境遇里，不管你愿意不愿意，得失都要伴随你一生。人生就是一个不断得失的过程。失之东隅，收之桑榆，得失是相依的，有失就有得。

# 1. 无可奈何花落去，似曾相识燕归来

## ——得失无语才是人生

◎ 出处

晏殊《浣溪沙·一曲新词酒一杯》

◎ 原文

一曲新词酒一杯，去年天气旧亭台。夕阳西下几时回？

无可奈何花落去，似曾相识燕归来。小园香径独徘徊。

◎ 译文

填曲新词品尝一杯美酒，还是去年的天气，旧日的亭台，西下的夕阳几时才能回来？无可奈何中百花再残落，似曾相识的春燕又归来，独自在花香小径里徘徊。

◎ 注释

浣溪沙：唐玄宗时教坊曲名，后用为词调。沙，一作"纱"。

一曲：一首。因为词是配合音乐唱的，故称"曲"。

新词：刚填好的词，意指新歌。

酒一杯：一杯酒。

去年天气旧亭台：是说天气、亭台都和去年一样。去年天气，跟去年此日相同的天气。旧亭台，曾经到过的或熟悉的亭台楼阁。旧，旧时。

夕阳：落日。

西下：向西方地平线落下。

几时回：什么时候回来。

无可奈何：不得已，没有办法。

似曾相识：好像曾经认识。形容见过的事物再度出现。后用做成语即出自晏殊此句。

燕归来：燕子从南方飞回来。

小园香径：花草芳香的小径，或指落花散香的小径。因落花满径，幽香四溢，故云香径。香径，带着幽香的园中小径。

独：副词，用于谓语前，表示"独自"的意思。

徘徊：来回走。

◎ 赏析

《浣溪沙·一曲新词酒一杯》是晏殊词中最为脍炙人口的篇章。全词抒发了悼惜残春之情，表达了时光易逝、难以追挽的伤感。词中似乎于无意间描写司空见惯的现象，却有哲理的意味，启迪人们从更高层次思索宇宙、人生问题。词中涉及时间永恒而人生有限这样深广的意念，却表达得十分含蓄。

此词虽含伤春惜时之意，却实为感慨抒怀之情，悼惜残春，感伤年华的飞逝，又暗寓怀人之意。词之上片绾合今昔，叠印时空，重在思昔；下片则巧借眼前景物，重在伤今。全词语言婉转流利，通俗晓畅，清丽自然，意蕴深沉，启人神智，耐人寻味。词中对宇宙、人生的深思，给人以哲理性的启迪和美的艺术享受。其中"无可奈何花落去，似曾相识燕归来"两句历来为人称道。

在人生的境遇里，不管你愿意不愿意，得失都要伴随你一生。人生就是一个不断得失的过程。失之东隅，收之桑榆，得失是相依的，有失就有得。

当你失去了明媚的阳光，你却得到了皎洁的月光；当你失去了文学家浪漫的憧憬，你却得到了科学家般缜密的头脑。

塞翁失马，焉知非福，失去未必就是一种无法抵御的灾难，因为，生命中并没有绝对的失去，失去其实是另一种形式的得到。而人生也总是在得失之间获得平衡。

许多人都有过丢失某种重要或心爱之物的经历。比如不小心丢失了刚发的工资，最喜爱的自行车被盗了，相处了好几年的恋人拂袖而去了，等等，这些大都会在我们的心理上留下阴影，有时甚至因此而备受折磨。究其原因，就是我们没有调整好心态去面对失去，没有从心理上承认失去，只沉湎于已不存在的东西，而没有想到去创造新的东西。人们安慰丢东西的人时常会说："旧的不去新的不来。"其实事实正是如此，与其为失去的自行车懊悔，不如考虑怎样才能再买一辆新的；与其对恋人向你"拜拜"而痛不欲生，不如振作起来，重新开始，去赢得新的爱情……

每个人都有过失去，但对其所持的心态却不同。有的人总是向别人反复表明他失去的东西有多么好，有多么的珍贵，这是很没必要的。但是有些人却表现不同，比如，他们在失去了原有的工作之后，不是一味地伤感，而是主动寻找新的工作；他们相信，失去并不意味着失败，失去后还可以重新拥有。而这才是成功者应具备的心态。

普希金的抒情诗《如果生命欺骗了你》最后两句话是"一切都如烟云，一切都会消失；让失去的变得可爱"。显然，有时失去不是忧伤，而是一种美丽；失去不一定是损失，也可能是奉献。只要我们有着积极进取的心态，失去也会变得可爱！

人生绝不仅仅是一种作为生物的存活，它是一些莫测的变幻，也是一股不息的奔流，而在此过程中我们接受"失去"并不意味着永远的失去，我们将获得别样的拥有。

人的一生，有得有失，有盈有亏。整个人生就是一个不断地得而复失、失而复得的过程。

在一生中，我们将逐渐地失去年轻，失去健康，失去年少的轻狂，失去可以把握一切的气势，失去做梦的勇气，其实，也在失去做梦的资本。随着年龄的增大，我们还要面临失去工作，失去身边的朋友、熟人，到最后，我们要失去整个熟悉的世界，步入生命的尽头。因此，我们一定要学会接受失去。

人的一生不可能永久地拥有什么，一个人获得生命后，先是童年，接着是青年、壮年、老年。然而这一切又都在不断地失去，在你得到什么的同时，你其实也在失去。所以说人生获得的本身也是一种失去。

有人说得好，你得到了名人的声誉或高贵的权力，同时就失去了做普通人的自由；你得到了巨额财产，同时就失去了淡泊清贫的欢愉；你得到了事业成功的满足，同时就失去了眼前奋斗的目标。我们每个人如果认真地思考一下自己的得与失，就会发现，在得到的过程中也确实不同程度地经历了失去。整个人生就是一个不断地得而复失、失而复得的过程。一个不懂得什么时候该失去什么的人，是愚蠢可悲的人。同时谁违背这个过程，谁就会像贪婪的蛇一样累倒在地，爬不起来。

学会习惯于失去，往往能从失去中获得。得其精髓者，人生则少有挫折，多有收获；人会从幼稚走向成熟，从贪婪走向博大。

对善于享受愉悦心情的人来说，人生的艺术只在于进退适时，取舍得当。因为生活本身即是一种悖论：一方面，它让我们依恋生活的馈赠；另一方面，又注定要我们对这些礼物最终的弃绝。

执着地对待生活，紧紧地把握生活，但又不能抓得过死，松不开手。人生这枚硬币，其反面正是那悖论的另一要旨：我们必须接受失去，学会怎样松开手。

## 2. 竹杖芒鞋轻胜马,谁怕? 一蓑烟雨任平生

——把心理调整到最佳状态

◎ 出处

苏轼《定风波·莫听穿林打叶声》

◎ 原文

三月七日,沙湖道中遇雨,雨具先去,同行皆狼狈,余独不觉。已而遂晴,故作此词。

莫听穿林打叶声,何妨吟啸且徐行。竹杖芒鞋轻胜马,谁怕? 一蓑烟雨任平生。

料峭春风吹酒醒,微冷,山头斜照却相迎。回首向来萧瑟处,归去,也无风雨也无晴。

◎ 译文

不用注意那穿林打叶的雨声,何妨放开喉咙吟唱从容而行。竹杖和草鞋轻捷得胜过骑马,有什么可怕的? 一身蓑衣任凭风吹雨打,照样过我的一生。

春风微凉吹醒我的酒意,微微有些冷,山头初晴的斜阳却应时相迎。回头望一眼走过来的风雨萧瑟的地方,我信步归去,不管它是风雨还是放晴。

◎ 注释

定风波：词牌名。

穿林打叶声：指大雨点透过树林打在树叶上的声音。

吟啸：吟咏长啸。

芒鞋：草鞋。

一蓑烟雨任平生：披着蓑衣在风雨里过一辈子也处之泰然。蓑，蓑衣，用棕制成的雨披。

料峭：微寒的样子。

斜照：偏西的阳光。

向来：方才。

萧瑟：风吹雨落的声音。

也无风雨也无晴：风雨天气和晴朗天气是一样的，没有差别。

◎ 赏析

此词作于苏轼黄州之贬后的第三个春天。读罢全词，对人生的沉浮自会有一番全新的体悟。它通过野外途中偶遇风雨这一生活中的小事，于简朴中见深意，于寻常处生奇景，表现出作者旷达超脱的胸襟，寄寓着超凡脱俗的人生理想。

竹杖芒鞋行走在风雨中，本是一种艰辛的生活，而苏轼却走得那么潇洒、悠闲。对于这种生活，他进一步激励自己："谁怕？"意思是说，我不怕这种艰辛和磨难。这是一句反问句，意在强调这种生活态度。为什么要强调这种生活态度呢？因为对于苏轼，这就是他一生的生活态度，所以他说："一蓑烟雨任平生"。"一蓑烟雨"，是说整个蓑衣都在烟雨中，实际上是说他的全身都在风吹雨打之中。这"一蓑烟雨"也象征人生的风雨。而"任平生"，是说一生任凭风吹雨打，而始终那样的从容、镇定、达观。

如果我们无法通过自身努力去改变生存的状态，那么我们就通过精神的力量来调节心理感受，尽量将其调适到最佳的状态。这就是乐观的心态。

一个人有什么样的心态，会直接影响他对生活、工作、家庭、婚姻及人际交往等种种事情的态度。很显然，持消极态度的人，常常会抱怨生活的不如意、工作的艰辛、婚姻的不幸、世态的炎凉，那么他在事业上就容易失败，身体健康会大打折扣，生活质量明显下降。而用积极心态支配人生的人，就拥有积极奋发、进取、乐观的思想，能积极向上地正确处理人生遇到的各种困难、矛盾和问题。

人生不可能一帆风顺、事事如意，当你遇到挫折时应适时地保持乐观心态，"没有过不去的坎儿""退一步海阔天空"，不要让消极的心态影响对生活的享受和热爱，不要让悲观的心态侵蚀宝贵的时间和生命。

生活的快乐与否，完全决定于个人对人、事、物的看法如何；因为，生活是由思想造成的。如果我们想的都是快乐的念头，我们就能得到快乐；如果我们想的都是悲伤的事情，我们就会悲伤。

（1）乐观是心胸豁达的表现

比地大的是天空，比天大的是人心。心胸豁达的人是真正的强者，乐观则是他们的情绪体验。乐观的人能应付生活险境，掌握自己的命运。乐观的人即使事情变糟了，也能迅速做出反应，找出解决的办法，确定新的生活方案。乐观的人不会对事业表现出失望、绝望。悲观的心态泯灭希望，乐观者则能激发希望。

（2）乐观是身体健康的法宝

研究认为人类寿命的自然极限应为120～150岁，但至今大多数人都未活到这个年龄。科学家长期以来也在进行大量研究，他们开始承认人的疾病与寿命除了"生物模式"之外，还存在着"心理、社会医学模式"。在中东地区，有一位150多岁的长寿者，他把自己长寿的秘密概括为一句话："快乐地生活"。

绝望可以导致早死。研究者发现，在老年丧偶后的半年里，死亡率比同龄人高出6倍。情绪不仅是一种心理体验，也是一种物化过程。悲观不但会造成代谢功能的失调，如血压、心率、消化功能的紊乱，而且会使内分泌系统遭到破坏或降低免疫功能。

快乐会使生病的人忘记痛苦，甚至会使生病的人也能比常人活得久。

（3）快乐是人际交往的基础

你给予别人快乐，你就会得到快乐。在与朋友见面时，你微笑的表情、快乐的心情、诙谐的语言会像春风般温暖别人的心，给大家带来笑声，驱除心中的烦恼。当人们从你这里得到这些美好的心灵享受之后，自然会对你产生一种感激之情，赞赏的目光，会觉得你有一种"精神引力一样"愿意与你交往。这样，你便会加倍地得到别人带给你的欢乐。

（4）乐观是工作顺利的条件

所谓的知足常乐，指的是心平气和地对待当前的各种境遇，确定一个可望又可即的追求目标,不要有过高的奢望,也不要过低看待自己。乐观地对待自己的工作,是工作顺利的条件,期望过高或总是感受到不如意,其工作反而不顺利,进而产生悲观失望之感,处于一种恶性循环的情绪与行为之中。

(5)乐观是避免挫折的手段

所谓的乐观是指面对挫折仍坚信形势和情境必会好转。从情商的角度看,乐观是让困境中的人不致流于冷漠、无力感、沮丧的一种心态。经研究发现,学生的成绩好坏与其心态是否乐观有决定性的关系。当你设定某科成绩80分时,你考了60分,最乐观的学生决定要更用功,并想到补救的方法;比较乐观的学生也想到一些方法,但缺少实践的毅力;最悲观的学生则宣布放弃。

经常保持乐观的心态,不是所有人都能做到的,当遇到重大挫折与灾难时仍能保持乐观、无所谓,这也不合乎常理;但伤心过后就应该学会调整心态,这样才能走出生活的阴影。所以当遇到不顺心的事情时,应学会改变思维方式,尽快让苦恼烟消云散。记住,我们能改变的只有自己的心态,即保持积极乐观的心态。

乐观是我们心中的太阳。苦难是一所没人愿意上的大学,但从那里走出来的,都是强者。面对苦难和挫折,你要抬起头来,笑对它,相信"这一切都会过去,今后会好起来的"。希望是不幸者的第二灵魂。向往美好的未来,是困难时最好的自我安慰。在多难而漫长的人生路上,我们需要一颗健康乐观的心,需要绚烂的笑容。

## 3. 便休休，更说甚，是和非

——失去的未必是最好的

◎ 出处

辛弃疾《最高楼·吾衰矣》

◎ 原文

吾拟乞归，犬子以田产未置止我，赋此骂之。

吾衰矣，须富贵何时？富贵是危机。暂忘设醴抽身去，未曾得米弃官归。穆先生，陶县令，是吾师。

待葺个园儿名"佚老"，更作个亭儿名"亦好"，闲饮酒，醉吟诗。千年田换八百主，一人口插几张匙？便休休，更说甚，是和非！

◎ 译文

我已渐渐年老，力尽筋疲，功名富贵的实现要待到何时？何况富贵功名还处处隐伏着危机。穆生因楚王稍懈礼仪便抽身辞去，陶潜尚未得享俸禄就弃官而归。穆先生、陶县令那样明达的人都是我十分崇敬的老师。

归隐后一定要将荒园修葺，"佚老园"就是个合适的名字。再建个亭儿取名为"亦好"，便能闲时饮酒，醉时吟诗。一块田地千年之中要换八百主人，一人嘴里又能插上几张饭匙。退隐之后便一切作罢，何须再费口舌说什么是非得失。

◎ 注释

最高楼：词牌名。

衰（shuāi）：年老。

须：等待。

富贵：有功业。

醴（lǐ）：甜酒。

抽身：退出仕途。

得米弃官归：陶渊明当彭泽县令时，曾有上司派督邮来县，吏请以官带拜见。渊明叹曰："我不能为五斗米折腰向乡里小人。"于是解印去职，并赋《归去来兮辞》，以明弃官归隐之志。

葺（qì）：修缮。

佚（yì）老：安乐闲适地度过晚年。

亦（yì）好：退隐归耕，虽贫亦好。

匙（chí）：小勺。

休休：罢了，此处含退隐之意。

甚（shèn）：什么。

◎ 赏析

要完善积极的自我意识，还需要用恬淡自然的心态去看待人生的一切。要知道，世间的万事万物都是千变万化的。因此不必一味地因暂时的得到为快乐，因暂时的失去而痛心，而应该以清净之心去观外物，努力做到忘得失毁誉，这样才会有快乐的心灵，感受到人生的完美。辛弃疾的这首词可能会对人有所启发。

我们的一生似乎都在得与失之间权衡。有的人选择了失，却意外地得到；有的人选择了得，却意外地失去。得与失像两个喜怒无常又非常顽皮的精灵，专门作弄那些看重它们的人，摆脱它们的最好办法就是视而不见、退避三舍！

人生或得或失，事业或成或败，都是客观存在的事实。只要我们努力了，只要我们脚踏实地耕耘了，只要我们无愧于自己和他人，我们就应该坦然而自信地生活。

得与失是一对亲兄弟，亲密无间，当你在得到某种东西的时候，却又在冥冥中失去了一样东西。无论是得到还是失去，我们都应该坦然面对。

许多人都有这种习惯，总以为失去的都是最好的。于是总觉得现今的状况比不上过去的情形，长期沉浸在对过去的回忆中不能自拔。其实，失去的未必是最好的。那种为失去而烦恼的人，大都是因为没能迅速地适应现今的环境造成的。

一个小职员虽然每天都辛辛苦苦地拼命工作，但还是被上司解雇了。他忧心忡忡地回到家，一言不发地呆坐着，他不知该如何向太太说明这一切。被上司解雇毕竟是件难以启齿的事情啊。当妻子得知了这一切之后，并没有半句怨言，反而非常高兴地对他说："这不是很好吗？省得你狠不下心来辞去那份工作呢。这样你就可以静下心来，专心致志地从事你钟爱的工作了。"这位小职员迷惑不解地问道："我钟爱的工作？"

"是啊，你不是很有文学天赋吗？那就当个专职作家好了！"

于是，这位小职员就打扫好了自己的房间，将书桌和椅子摆放整齐，就像上班时一样认真。然后，铺好稿纸，拿起心爱的笔，将一腔的抑郁不快和颓废沮丧化作一片激情，让灵感的脚步在稿纸上尽情徜徉，让一个个鲜活生动的面孔跃然纸上。

失去了小职员生活的他，却比平时工作时还要繁忙。深夜降临的时候，他正文思泉涌，一直奋笔疾书到曙光初现。

他明白，他再也不是那个庸庸碌碌的小职员了，他现在的身份是一位专职作家，每天不停地奋笔疾书就是他的工作，就是他养家糊口、维持生计的饭碗，就是他得以被人们认可的证明。

当他明白了这一切后，他想，我既然当不成小职员，就努力去做一个好作家吧。或许小职员真的并不适合我，或许我的出路就在写作上呢。

从此，他快乐地写作着，时间也在他无暇顾及的时候一天天地过去。他完全喜欢上了这个工作，在这个新的环境中乐此不疲！终于，一部令美国文学史为之震撼的鸿篇——《红字》诞生了，这位因失去小职员工作而成为名作家的人叫霍桑。

可见失去的已经失去，即使原有的工作令你恋恋不舍，其实已经都不再重要，重要的是面对现在。昨天已经如东逝之水，明天又似乎遥远。为逝去的东西而痛心疾首、呼天抢地，实为愚蠢；为遥不可及的东西而翘首期盼，也不过是画饼充饥、聊以自慰。这些都为真正的智者所不齿。

失去的已经失去，就没有必要再为失去而悲伤，因为，这种悲伤是毫无用处的。只有迅速地适应陌生的环境，并在此基础上有所作为才是智者应该想和应该做的。

## 4. 我见青山多妩媚，料青山见我应如是

——心态是一柄双刃剑

◎ 出处

辛弃疾《贺新郎·甚矣吾衰矣》

◎ 原文

邑中园亭，仆皆为赋此词。一日，独坐停云，水声山色，竞来相娱。意溪山欲援例者，遂作数语，庶几仿佛渊明思亲友之意云。

甚矣吾衰矣。怅平生、交游零落，只今余几！白发空垂三千丈，一笑人间万事。问何物、能令公喜？我见青山多妩媚，料青山见我应如是。情与貌，略相似。

一尊搔首东窗里。想渊明、停云诗就，此时风味。江左沉酣求名者，岂识浊醪妙理。回首叫、云飞风起。不恨古人吾不见，恨古人不见吾狂耳。知我者，二三子。

◎ 译文

我已经很衰老了。平生曾经一同出游的朋友零落四方，如今还剩下多少？真令人惆怅。这么多年只是白白老去而已，功名未竟，对世间万事也慢慢淡泊了。还有什么能真正让我感到快乐？我看那青山潇洒多姿，想必青山看我也是一样。不论情怀还是外貌，都非常相似。

把酒一樽，在窗前吟诗，怡然自得。想来当年陶渊明写成《停云》之时也是这样的感觉吧。江南那些醉中都渴求功名的人，又怎能体会到饮酒的真谛？在酒酣之际，回头朗吟长啸，云气会翻飞，狂风会骤起。不恨我不能见到疏狂的前人，只恨前人不能见到我的疏狂而已。了解我的，还是那几个朋友。

◎ 注释

贺新郎：后人创调，又名《金缕曲》《乳燕飞》《貂裘换酒》。传作以《东坡乐府》所收为最早，唯句豆平仄，与诸家颇多不合。因以《稼轩长短句》为准。一百十六字，前后片各六仄韵。大抵用入声部韵者较激壮，用上、去声部韵者较凄郁，贵能各适物宜耳。

甚矣吾衰矣：源于《论语·述而》之句"甚矣吾衰也！久矣吾不复梦见周公"。这是孔丘慨叹自己"道不行"的话（梦见周公，欲行其道）。作者借此感叹自己的壮志难酬。

白发空垂三千丈：典出于李白的《秋浦歌》"白发三千丈，缘愁似个长"。

问何物、能令公喜：源于《世说新语·宠礼篇》记郗超、王恂"能令公（指晋大司马桓温）喜"等典故。还有什么东西能让我感到快乐。

妩媚：潇洒多姿。

搔首东窗：借指陶潜《停云》诗就，自得之意。

江左：原指江苏南部一带，此指南朝之东晋。

浊醪（láo）：浊酒。

云飞风起：化用刘邦《大风歌》之句"大风起兮云飞扬"。

不恨古人吾不见，恨古人不见吾狂耳：引《南史·张融传》的典故"不恨我不见古人，所恨古人又不见我"。

知我者，二三子：引《论语》的典故"二三子以我为隐乎"。

◎ 赏析

"我见青山多妩媚，料青山见我应如是"两句，是全篇警策。作者因无物（实指无人）可喜，只好将深情倾注于自然，不仅觉得青山"妩媚"，而且似乎觉得青山也以作者为"妩媚"了。这与李白《敬亭独坐》"相看两不厌"是同一艺术手法。这种手法，先把审美主体的感情楔入客体，然后借染有主体感情色彩的客体形象来揭示审美主体的内在感情。这样，便大大加强了作品里的主体意识，易于感染读者。

是的，生活就这样，我们怎样对待生活，生活就怎样对待我们。心态和前途也是这样一种辩证关系，我们用积极的心态对待人生，我们的人生将是一片光明；我们用消极的心态对待人生，我们的人生也就只会是一片灰暗。

还记得在2005年的央视春节联欢晚会上由21个聋哑演员表演的《千手观音》吗？我想谁都不会忘记那震撼心灵的一刻。无论是现场观众还是广大网友，都对这近乎完美的舞蹈作出"震撼、激动、流泪"的评价。在网络上最喜爱的春节晚会评选中,《千手观音》同样遥遥领先。

在晚会红男绿女们、大腕小腕们,或技巧万千、或华丽光彩、或调侃造作的打扮和夸张的声音中,她们在一片无尽的寂寞中完成了其艺术乃至生命的交流。没有什么比无声的感悟更能够打动人们的心灵。舞者们的一颦一笑,一举一动都在流露着真诚、渴望。与其说是在欣赏,不如说是一种内心的共鸣,无言的震撼。

从一般意义上来讲,音乐和舞台是不可分割的,旋律、节奏、肢体是一个舞蹈的基本元素,而心灵则是这些元素的总调度。虽然上帝剥夺了他们听的权利,只给她们留下眼睛和心灵,但她们却不向现实妥协,而是扼住命运的咽喉。

台上五分钟,台下十年功。台上的舞蹈,在台下被她们千万遍地重复着。每次排练之前的节奏课上,她们把耳朵贴到音箱上,用手掌去触摸地板,感受音乐节奏的震动。为了用她们残存的听力,更清晰地体会到音乐的节奏,她们一次次把助听器的音量开到最大,脆弱的耳膜因为强烈的刺激流出了血,发炎化了脓,但她们忍住疼痛,仍然充满渴望地趴在音箱上"听"着那对于她们来说遥远的声音。

为了热爱的艺术,她们每天六点半起床,全天排练12个小时以上,直到深夜。如果演员出错了,指导老师就要在手指上划一道,让她们记住。从一开始排练到最后节目成型,手上划的道加起来也有几百条了。如果一个人练不好,大家都会一直等着她练好为止,没有怨言。那些美轮美奂地舞出了心灵颤动的纤手所演绎的每一个手势都是经过无数次地一点一滴"拿捏"出来的。她们凭借舞台四个角的指导老师的简单手势，把内心对美的渴望和理解，全部表达在手、足、腰、头的整齐划一的动作上，在对她们来说是绝对无声的世界上，竟然表演得如此完美。

在共同经历过的灾难，共同无法抹去的残缺与痛苦之中，升华为共同拥有的美好，哪怕是如此短暂的美好。这种美好的精华在于，可能不会给她们的将来有什么实质性的补益，却实实在在地把一个美丽的瞬间留给了比她们至少在身体上要"健全"的我们。

其实，生活中，每个人都可能遇到这样或那样的不幸，诸如亲人不幸死亡、朋友分离、身患重病……但你需要知道的是，这一切于你都不重要，于你都不会构成致命的创伤。最致命的创伤来自我们自己心灵的深处，是我们的心灵导致我们绝望。只要我们放弃绝望的思想，去换一个角度想问题，就会豁达起来，发现阳光依旧照耀着你，月光仍然爱抚着你。如此看来，痛苦或是快乐完全在于你的一念之间。

事实也的确如此，人的心态决定你是否快乐，心态的改变，就是命运的改变。

朋友们，千万不要因为心态而使自己成为一个失败者。让我们从现在起，无论在什么情况下都保持积极的心态，让整个身心都充满勇气，把挫折与失败当成学习的机会。这样，我们就能早日战胜自我、超越自我，到达成功的彼岸！

# 第七章

# 无常境界：人生只道是寻常

故交零落，人生无常，死亡是谁也无法阻挡和改变的结局。年年岁岁花相似，岁岁年年人不同。人生只道是寻常。

# 1. 世事一场大梦，人生几度秋凉

## ——用平和的心态对待生活

◎ 出处

苏轼《西江月·世事一场大梦》

◎ 原文

世事一场大梦，人生几度秋凉？夜来风叶已鸣廊，看取眉头鬓上。酒贱常愁客少，月明多被云妨。中秋谁与共孤光，把盏凄凉北望。

◎ 译文

世上万事恍如一场大梦，人生经历了几度充满凉意的秋天？到了晚上，风吹动树叶发出的声音，响彻回廊里，看看自己，眉头鬓上又多了几根银丝。

酒并非好酒，却为客少发愁，月亮虽明，却总被云遮住。在这中秋之夜，谁能够和我共同欣赏这美妙的月光？我只能拿起酒杯，凄然望着北方。

◎ 注释

西江月：原为唐教坊曲，后用作词调。《乐章集》《张子野词》并入"中吕宫"。五十字，上下片各两平韵，结句各叶一仄韵。

世事一场大梦：《庄子·齐物论》有"且有大觉，而后知其大梦也"。李白《春日醉起言志》有"处世若大梦，胡为劳其生？"

秋凉：一作"新凉"。

风叶：风吹树叶所发出的声音。

鸣廊：在回廊上发出声响。

眉头鬓上：指眉头上的愁思鬓上的白发。

贱：质量低劣。

妨：遮蔽。

孤光：指独在中天的月亮。

◎ 赏析

词一开端，便慨叹世事如梦，虽然苏轼的诗词中常常流露出人生如梦的思想，但或是自我排遣之语，或为古往今来之思，读来往往觉其放达而不觉悲切。此处却不然，以一种历尽沧桑的语气写出，加上几度秋凉之问，风叶鸣廊，忽觉人生短暂，已惊繁霜侵鬓，益觉浮生若梦的感叹，并非看破红尘的彻悟，而是对自身遭遇有不平之意，从而深感人生如梦境般。

"世事一场大梦"中的"世事"既可以指具体的历史实事，即指苏轼因"乌台诗案"被贬黄州的事情，亦可以理解为苏轼对人生命运的抽象意义的认识。"世事如梦""人生如梦"，一切皆如白驹过隙，雪后飞鸿，人生只是天地间偶然的飘蓬，所以不可执着于现实中的得失荣辱，而应超脱于具体的万事万物，使自己内心趋于平衡。"人生几度秋凉"，用"秋凉"指又一个秋天的来临。时间的流逝磨蚀着有限的生命，作者由此产生出真挚的惜时之情。"秋凉"亦指作者再次遭到排挤打击的人生际遇，用一个"凉"字，表达了作者心中的凄凉之情。所以，"人生几度秋凉"不仅指自然节候的变化，同时也是指人生命运的起伏不定、变幻莫测。这句话把自然与人生结合起来，以自然的变幻来反衬出词人对人生命运的无奈喟叹，寄意深刻，韵味悠远。

我们的一生中，往往积累了太多关于名誉、地位、财富、学历的欲望，使人们不能正视自己的人生、自己的水平、自己的现状，总是埋怨自己或别人，总是不切实际地攀比，不符现实地追求目标。这就使我们徒增了不少烦恼，并为此兴奋、自豪、烦恼、郁闷，甚至喜怒无常。

马丁·内斯是一个没有耐心的人，他要求和他交往的人也必须雷厉风行，不然的话，他就不高兴。

这事发生在佛罗里达州靠近他家乡的山路上，一个年轻人在护栅旁拦住了他，告诉他可能要耽搁半个小时。

"为什么要耽搁？"他问。

"因为路被挖开了，"年轻人回答说，"我们在装水管。"

他的情绪马上低落了。

"那你就绕过去吧！"年轻人说。

不一会儿，在马丁内斯的车后停了一大串汽车，司机们不甘寂寞，纷纷走下车来。马丁·内斯盯着他们，心里越来越烦躁。他又想起了年轻人的主意，他忽然想要试一试，总比坐等好。

就在这时，一个年龄比较大的男人走过来，对马丁·内斯说："你好，先生。这可真是一个阳光明媚的早晨呀！"他穿着工装裤，花格子衬衫，像是开出租车的。

马丁·内斯看了看四周，远处的溪流从圣·莫尼克大山上流下来，银灰色的水线接着蓝天，是个开阔清爽的秋天。

"不错,是个好早晨。"他说。

"下大雨的时候,瀑布就从那边流下来。"马丁·内斯指着一块凹进去的断崖接着说,他想起他好像也见过洪水从那块断崖上倾泻下来,在山脚下激起很高的水花。

正说着,一个年轻姑娘从后面走过来问道:"有上山的路吗!"马丁·内斯大笑着说:"有几百条,我在这里已经二十二年了,还没有走遍所有的路呢!"

马丁·内斯想起这附近有个公园,里面有一个很凉爽的地方。在一个炎热的夏日里,他曾经在里面散步。"你看到那只山狗了吗?"一个穿着大衣打着领带的年轻人叫起来,吸引了那个姑娘的注意力,"在那里!"

"我看见了。"她突然大叫起来。

年轻人兴奋地说:"冬天快来了,它们一定在贮存食物。"司机们都跑了过来,站在路边看,还有一些人拿出照相机拍照。马丁·内斯记得上次洪水暴发的时候,道路被淹没,电灯线被破坏。他的邻居们,有的聚在一起议论纷纷,有的点上灯笼一起喝酒聊天,还有的就一起烤东西吃。

是什么把他们聚在一起了呢?要不是风在呼啸,洪水暴发,或交通阻塞,他们怎么会把时间浪费在这里和人交谈呢?

这时,一个声音从护栏那边传过来:"好了,道路畅通了!"

马丁·内斯看了看表,五十五分钟过去了,他简直不敢相信,耽搁了五十五分钟,他竟然没有急得发疯。

汽车再次发动起来了。马丁·内斯看见那个年轻姑娘正把一张名片送给那个打领带的小伙子。

马丁·内斯向出租车走去时,向司机挥了挥手。

"嗨!"他转过身叫道,"你说得对,今天是个阳光明媚的早晨。"

人生有得也有失。当我们以一颗平常心来容纳世间的千般痛苦、万般不平时,我们就会发现:那一时一刻的辛酸和苦涩,原来是那么的平凡与优雅;而这一时一刻的辉煌与甘甜,又是这么容易的随风而逝。所以,我们应该以一种平和的心态对待生活,只有这样,到终老回首自己走过的路时,才会多一些欣慰,少一些遗憾。

## 2. 自是休文,多情多感,不干风月

——心态不同,结果就不同

◎ 出处

蔡伸《柳梢青·数声鹈鴂》

◎ 原文

数声鹈鴂,可怜又是,春归时节。满院东风,海棠铺绣,梨花飘雪。

丁香露泣残枝，算未比、愁肠寸结。自是休文，多情多感，不干风月。

◎ 译文

耳边传来几声杜鹃鸟的鸣叫声，可怜啊，又是春将归去的时候了。东风布满庭园，吹落海棠如锦绣铺地，吹散梨花如白雪飘飘。

丁香花的残枝上滴着露水，仿佛是在哭泣一般，但也比不上我这般愁肠百结啊。我就好像沈约一般多情善感，但这和眼前景色却毫关系。

◎ 注释

柳梢青：又名《陇头月》，双调，四十九字。北宋僧人仲殊词有"柳袅烟斜"句，因以为调名。

鹈鴂（tí jué）：古有"鸣而草衰"的说法，一说指杜鹃。词中指杜鹃（子规）的可能性大。

绣：指红锦缎。

休文：即南朝诗人沈约，字休文，仕宋及齐，不得大用，郁郁成病，消瘦异常。此处是作者自况。

◎ 赏析

该词是一首伤春词，从词面上看，作者是感伤暮春将去，而其寓意则是哀叹自己年近衰老却仍未得大用。全词用语清丽，把暮春之景写得很动人。直至词的最后，作者才点透自己如同南朝沈约，日渐消瘦的原因在于仕途蹭蹬，而与风月无干。作者之所以强调自己"不干风月"，一方面是为了区别于传统伤春词大多写男女欢情的俗套，另一方面是为了表明自己胸怀大志，不为莺莺燕燕所拘牵的大丈夫气概，尽管自己未能位居宰辅，但毕生的追求却并没有改变。

在生活中，我们经常会遇到困境。在困境中，有的人烦躁不安，怨这怨那；有的人则平静如水，默默地寻找解决问题的方法。持前一种态度的人，往往无法走出困境；而持后一种态度的人，则能顺利地走出困境。

人生在世，对客观事物的认识常常会受到心态的影响，有时甚至会受到心态的控制。如果不把握好自己的心态，就很容易犯错误，对客观的情况视而不见、抓不住问题的症结所在。一个人如果要想成功，要想实现自己的理想，就一定要学会如何把握自己的心态。

虽然每个人的人生际遇不尽相同，但命运对每一个人都是公平的。因为窗外有土也有星，就看我们能不能磨砺一颗坚强的心，一双智慧的眼，透过岁月的风尘寻觅到辉煌灿烂的星星。先不要说生活怎样对待我们，而是应该问一问，我们怎样对待生活。

如果我们对自己很有把握，充满了自信，就会保持乐观向上的心态，相信自己能够做成任何事情。患得患失以及根深蒂固的自卑心理都会影响到自我的感觉，进而影响获取成功的能力。然而，在个人奋斗的历程中，由于没有把握好自己的心态，我们就容易犯各种错误。

每一个人都是自己命运的主人，只有自己才能把握自己的心态，而心态塑造着自己的未来。只有那些能够产生强烈的愿望以达到目标的人，才能走向成功；只有那些以积极的心态不断努力的人，才能取得成功。把握住自己的心态，也就把握了自己的未来。

## 3. 物是人非事事休，欲语泪先流

### ——人生无常，当下最真

◎ **出处**

李清照《武陵春·春晚》

◎ **原文**

风住尘香花已尽，日晚倦梳头。物是人非事事休，欲语泪先流。

闻说双溪春尚好，也拟泛轻舟。只恐双溪舴艋舟，载不动许多愁。

◎ **译文**

恼人的风雨停歇了，枝头的花朵落尽了，只有沾花的尘土犹自散发出微微的香气。抬头看看，日已高，却仍无心梳洗打扮。春去夏来，花开花谢，亘古如斯，唯有伤心的人、痛心的事，令我愁肠百结，一想到这些，还没有开口我就泪如雨下。

听人说双溪的春色还不错，那我就去那里划船，姑且散散心吧。唉，我真担心啊，双溪那叶单薄的小船，怕是载不动我内心沉重的忧愁啊！

◎ **注释**

武陵春：词牌名，又作《武林春》《花想容》，双调小令。双调四十八字，上下阕各四句三平韵。这首词为变格。

尘香：落花触地，尘土也沾染上落花的香气。

花：一作"春"。

日晚：一作"日落"，一作"日晓"。

梳头：古代的妇女习惯，起床后的第一件事是梳妆打扮。

物是人非：事物依旧在，人不似往昔了。

说：一作"道"。

尚好：一作"向好"。

双溪：水名，在浙江金华，是唐宋时有名的风光佳丽的游览胜地。有东港、南港两水汇于金华城南，故曰"双溪"。

拟：准备、打算。

轻舟：一作"扁舟"。

舴艋（zé měng）舟：小船，两头尖如蚱蜢。

◎ 赏析

这首词是宋高宗绍兴五年（1135年）作者避难浙江金华时所作。当年她是五十三岁。那时，她已处于国破家亡之中，亲爱的丈夫死了，珍藏的文物大半散失了，自己也流落异乡，无依无靠，所以词情极其悲苦。全词充满"物是人非事事休"的痛苦。而这种"物是人非"，又绝不是偶然的、个别的、轻微的变化，而是一种极为广泛的、剧烈的、带有根本性的、重大的变化，无穷的事情、无尽的痛苦，都在其中，故以"事事休"概括。所以正要想说，眼泪已经直流了。

在远久的时候，山上的部落有个年轻小伙子，有一天到外狩猎时，非常意外地捕捉到一匹野马。他兴奋地带着野马回到了部落，好消息传遍了族内，人们无不夸赞野马的骏美。大家都说他是一个幸运的男孩。

然而好景不长，年轻人为了驾驭野马，不慎被摔下马背，跌断了腿。于是族人开始传说野马为不祥之物，所以才会给年轻人带来如此的灾祸。

年轻人只得留在床上休养，家人对这匹野马心生怨怼，纷纷躲避，并为年轻人的遭遇感到难过。

正巧，那时正逢兵荒马乱，族内的年轻男丁皆被抓去充军，躺在病床上的年轻人，因摔断了腿留在家中，免受征召。族人又开始众说纷纭，赞许"良驹"为年轻人带来幸运，免于一劫。

人生路上的得失祸福，岂是一时可以论断的？

生命行进过程中，或许会遭遇一些起承转合，这个"少年故事"教会我们用平实的心情看待人生一时的喜与忧，也用平实的心情顺其自然，在不同的激流中发现一些人生的契机。

挫折又何尝不该值得感激？

一位企业家谈及他的生死观时说，他曾生过大病，住过加护病房，在生死一线间被拉回人间。从此思索着："我还有什么事没做，要及时做？"他说："现在我的每一天，都过得是很感恩的生活。"

他从死亡边缘回来后，第一个想到的就是回馈社会。他说："真正的欢喜，是亲身投入。"

时间，由无数个"当下"串在一起。每一瞬间、每一个当下，都带有永恒的种子。抓住每一个当下，人生了无缺憾。

# 4. 谁道人生无再少？门前流水尚能西

## ——乐观向上的人生态度

◎ 出处

苏轼《浣溪沙·游蕲水清泉寺》

◎ 原文

游蕲水清泉寺，寺临兰溪，溪水西流。

山下兰芽短浸溪，松间沙路净无泥。潇潇暮雨子规啼。

谁道人生无再少？门前流水尚能西！休将白发唱黄鸡。

◎ 译文

山脚下刚生长出来的幼芽浸泡在溪水中，松林间的沙路被雨水冲洗得一尘不染。傍晚，下起了小雨，布谷鸟的叫声从松林中传出。

谁说人生就不能再回到少年时期？门前的溪水还能向西边流淌！不要在老年感叹时光的飞逝啊！

◎ 注释

蕲（qí）水：县名，今湖北浠水县。

浸：泡在水中。

潇潇：形容雨声。

子规：布谷鸟。

无再少：不能回到少年时代。

白发：老年。

唱黄鸡：感慨时光的流逝。因黄鸡可以报晓，表示时光的流逝。

◎ 赏析

这首词写于元丰五年（1082年）春，当时苏轼因"乌台诗案"，被贬任黄州（今湖北黄冈）团练副使。这在苏轼的政治生涯中，是一个重大的打击，然而这首词却在逆境中表现出一种乐观向上的精神。

上阕写自然景色，首两句描写早春时节，溪边兰草初发，溪边小径洁净无泥，一派生机盎然的景象。以潇潇暮雨中杜鹃哀怨的啼声作结。子规声声，提醒行人"不如归去"，给景色抹上了几分伤感的色彩。

下阕却笔锋一转，不再陷于子规啼声带来的愁思，而是振起一笔。常言道："花有重开日，人无再少年"，岁月的流逝，正如同东去的流水一般，无法挽留。然而，人世总有意外，"门前流水尚能西"，既是眼前实景，又暗藏佛经典故。东流水亦可西回，又何必为年华老去而徒然悲哀呢？看似浅显，却值得回味。

全词洋溢着一种向上的人生态度，然而上阕结句的子规啼声，隐隐反映出作者的处境，也更显出词中达观态度的难能可贵。

生活中，人们总会发现抱怨的人远比乐观快乐的人多。喜欢抱怨的人在给自己找罪受的同时，也伤害着身边的人，为他人招惹麻烦，世界上几乎没有人因为抱怨世界而得到过快乐。虽然有时抱怨可以减轻当时的痛苦，帮助自己从痛苦中暂时抽身，但那并不能帮助自己彻底解决问题，而是在逃避现实。

事事都选择沮丧失望，不如转变思维往好的方面想；与其痛苦呻吟，不如选择开心快乐。如果你决定做快乐的人，生活就不会那么平淡。在面对艰难困苦的挑战时，如果你足够机智，改变思维方式，世界也不会吝惜将生命中最丰盈的快乐送给你。受到伤害，疗伤止痛才是明智之举，沉溺于痛苦中只不过是加深痛苦。

潮起潮落、冬去春来、日出日落、月圆月缺、花开花谢、野草荣枯，自然界万物都在循环往复的变化中，你也不例外，自己的情绪也会时好时坏。

学会控制情绪，这是自然界的游戏，很少有人窥破天机。每天你醒来时，不再有旧日的心情。昨日的快乐已变成今日的哀愁，今日的悲伤又转化为明日的喜悦。这就好比花儿的变化，今天绽放的喜悦也会变成凋谢时的绝望。但是你要记住，正如今天枯败的花儿蕴藏着明天新的种子一样，今天的悲伤常常预示着明天的快乐。乐观是一种天真做人的态度。

乐观的人对一些繁杂的事情总是很看得开，他们认为：人生在世，不如意的事情十有八九。快乐也是过每一天，不快乐也是过每一天。所以他们对事物的心态就是快乐，不管从事什么职业，也不管曾经取得过多么辉煌的成就，都会不骄不躁，泰然处之，从不会使自己成为一个故步自封、自以为是的人。

有一个女孩，在很小的时候，父亲就抛弃了她和母亲。但是女孩却是一个跳舞的好苗子。对于这些母亲早已看在眼里，于是坚强刚毅的母亲将女儿送进一所舞蹈学校。可是，来到舞蹈学校的第一天，便有一个难题摆在了她们的面前——高昂的学费。但这并未吓倒母亲，她准备四处去打工挣钱。

七岁的女孩看着母亲忙碌疲惫的身影，常常忍不住流泪。

一天，女孩对舞蹈老师说："我想退学。我实在不想让母亲为了我这样操劳。"老师问："如果你退学，你觉得母亲会开心吗？"女孩回答："至少我可以让她过得轻松些。"老师又问："你知道母亲最大的心愿是什么吗？"女孩回答："当然知道，她希望我成为舞蹈家。"

老师说："记住，只有实现了愿望的人才能变得轻松和开心。因此，你必须好好学习才能了却母亲的心愿。"

女孩从母亲的行动和老师的言语中得到了无穷鼓舞。她每一次参加训练都要比别的孩子勤奋，吃的苦要比别的孩子多，但她流的泪和抱怨的话却比别的孩子都少。几年后，她成了全校最出色的一个学员，并开始登台表演。

然而，正当女孩出落成亭亭玉立的少女时，身体却出现了毛病：骨形不正，腰椎突出。这对舞蹈演员来说是致命的打击。退缩还是坚持，女孩选择了后者。她忍受着疼痛的折磨，在身上装了一个矫正仪，继续她的舞蹈生涯。

她的努力和刚强没有白费，终于有一天国家舞蹈团招收了她，并且她很快成了领舞。以后，她的足迹遍布世界各地，她优美的舞姿倾倒了无数观众。她就是西班牙国家舞蹈团的常青树，享誉世界的弗拉门戈舞皇后阿伊达·戈麦斯。

她来中国巡演时，有一次记者问她："面对贫穷和不幸，面对病痛和磨难，你是如何理解人生的？"已在舞台上奋斗了四十余年的阿伊达带着美丽迷人的笑容说："在我眼里，除了战争和死亡，别的都不可能叫不幸。活着就像在舞蹈，一个有梦并愿为此追求一生的人，没有什么东西能阻挡他。我会永远跳下去，直到跳不动为止。"

从阿伊达·戈麦斯的故事中，我们可以看出，积极的人不会坐以待毙，他们会主动地创造条件让自己所期待的事情发生，要知道石头自己是不会动的，你必须推动它，才能让这顽石离开原有的位置。的确，积极的心态有助于人们克服困难，使人看到希望，保持进取的旺盛斗志。

其实，为失去的东西悲伤是非常愚蠢的行为。你就是为失去的一切毁灭了自己，又有什么用呢？只有那些怀着一份旷达心境的人，才不会沉湎于自己曾经的拥有，而是怀着对未来无限的希望重新开始更加美好的创造。也许我们许多人都曾经为了失去的金钱、工作、地位、爱情等而伤心啜泣过，但你要相信，在未来的岁月里，一定还会有一份更加美好的礼物在等待着你。失去的东西只能成为你人生经历的一部分，只有现在和未来才是你真实的生活。

没有人能够控制或改变你的态度，只有你自己能够。你虽然改变不了环境，但却可以改变自己的心态。你不能预知明天，但你可以把握今天，你不能左右天气，但你可以改变心情。

幸福是一种感觉，快乐是一种选择。向左走选择快乐，向右走选择忧伤。凡事不可能皆如意，就看你怎样去选择。而乐观是一种做人的态度，我们应学会以一种乐观的态度对待事物。乐观的人会鼓励乐观的人，就像成功会吸引更大的成功一样，所以乐观本身就是一种成功。

## 5. 堪笑一场颠倒梦，元来恰似浮云

### ——生命是一个过程

◎ **出处**

朱敦儒《临江仙·堪笑一场颠倒梦》

◎ **原文**

堪笑一场颠倒梦，元来恰似浮云。尘劳何事最相亲。今朝忙到夜，过腊又逢春。

流水滔滔无住处，飞光匆匆西沉。世间谁是百年人。个中须著眼，认取自家身。

◎ **译文**

人生真是可笑像一场颠倒的梦，人生原来是飘忽不定的浮云。在尘世间忙忙碌碌与什么最亲？从早晨忙到夜晚，过了腊月又是新春。

时光像河水奔流不止，红日忽忽转眼西沉。世间有谁是百岁老人。此间最应关注的，是看准你的自身。

◎ **注释**

临江仙：唐朝教坊曲名。最初是咏水仙的，调见《花间集》，以后作一般词牌用。另有《临江仙引》《临江仙慢》，九十三字，是别格。

元来：原来。

尘劳：尘世间的劳碌。

个中：其中。

◎ 赏析

这首词是作者历尽沧桑、看破红尘之后所抒发的人生感慨。反思之后，作者总结出这样的认识：时间如流水，人生不到百年，无须计较尘劳俗物，应该注意的是自己立身处世的态度。

生命的好坏在于你是否用心去体会。

生命是宝贵的，只要生命始终保持一种积极的目的与向往，只要把生命的每一个细节都细细地咀嚼，生命就会永远鲜活而多彩。

人的一生中，困难、挫折是不断出现的路障或陷阱，有时令你防不胜防。

当我们经历了人世的喧嚣而渴望一种平静的状态时，当我们在世俗的激流中冲洗、打磨而变得练达、成熟时，我们的心境，就会像一片广阔无际的旷野，我们心灵的深处就会呈现一片自由而高远的天空。

生命是极为美好的，处在逆境中的人却常常忽略了这一点。

生命是一列向着一个叫死亡的终点疾驰的火车，沿途有许多美丽的风景值得我们留恋。

我们在平凡中诞生、成长，在没有浮躁和喧哗的地方老去、消亡。我们经历了世间的沧桑和世俗的烦琐，为曾经历或正在经历的生命深处的困惑而变得坚强和果断；为曾经拥有铭心刻骨的痛苦经历而自豪。我们在失败的苦难中自励，在成功的喜悦中自省。这就是我们能够真正面对现实的缘由。

生命是一个过程，也是一个结果。生命的意义不仅在于耕耘，也在于收获。只顾耕耘、不问收获不是对生命的负责；只问收获、不善收获同样会带来生命的缺憾。生活不会给我们太多的机遇，我们不如现实地面对人生：不能拥有阳光，就揽一片月华；摘不下满天星，就收获一片云。只要我们真心真意地生活，珍惜生活的每一次馈赠，不管我们能否达到理想的圣地，面对人生，我们都会深深感到生活的充盈。

## 6. 当时共我赏花人，点检如今无一半

——坦然面对一切

◎ 出处

晏殊《木兰花·池塘水绿风微暖》

◎ 原文

池塘水绿风微暖，记得玉真初见面。重头歌韵响琤琮，入破舞腰红乱旋。

玉钩阑下香阶畔，醉后不知斜日晚。当时共我赏花人，点检如今无一半。

◎ 译文

园里池塘泛着碧波，微风送着轻暖；曾记得在这里和那位如玉的美人初次相会。宴席上她唱着前后阕平仄相同的歌词，歌声如鸣玉一般。随后，她随着入破的急促曲拍，舞动腰肢，红裙飞旋，使人应接不暇。

如今在这白玉帘钩和栅门下面的、散发着落花余香的台阶旁边，我喝得酩酊大醉，不知不觉日已西斜，天色渐晚。当时和我一起欣赏美人歌舞的人们，如今详查，大多数早已离世。

◎ 注释

玉真：仙女的名字。这里指晏殊家里的歌伎。

重（chóng）头：一首词前后阕字句平仄完全相同者称作"重头"，如《木兰花》便是。

玪琮（chēng cōng）：玉器撞击之声，形容乐曲声韵铿锵悦耳。琮，玉声，比喻玉真嗓音脆美如玉声。

入破：唐宋大曲一个音乐段落的名称（唐、宋大曲在结构上分成三大段，名为散序、中序、破。入破，即为破的第一遍。乐曲中繁声，与"重头"一样为官弦家术语。），这里形容节奏开始加快。

红乱旋：大曲在中序时多为慢拍，入破后节奏转为急促，舞者的脚步此时亦随之加快，故云。红旋，旋转飞舞的红裙。

香阶：飘满落花的石阶。

共我赏花人：和自己一同观看玉真歌舞的同伴。

"点检"句：言自己如今年纪已老，当年歌舞场上的同伴大都已经不在人世。点检，检查，细数。

◎ 赏析

《木兰花·池塘水绿风微暖》是晏殊的词作。这首词写作者在池塘旧地回忆往昔初识佳人。开头两句与结尾两句为今日情事,中间四句为忆旧。绿水池塘,微风送暖,牵动作者对往昔的回忆。当时作者与玉真初次相见,歌舞之情难禁。掐指细数当时与之一起在这儿赏花行乐的人,如今已零落过半,自己唯借酒消愁。结句由虚入实,感情沉着,情韵杳渺。表现出作者博爱的胸襟,透露出对人生无常的伤感。

《列子·天瑞》中提到:"古者谓死人为归人。夫言死人为归人,则生人为行人矣。行而不知归,失家者也。"生命随时都要回归,走向它必然的归宿,谁都难以预料明天将会发生什么?

故交零落,人生无常,死亡是谁也无法阻挡和改变的结局。所谓"人生天地间,忽如远行客"大概就是这个意思。

曹操曾大唱:"对酒当歌,人生几何?"陶渊明哀叹:"人生无根蒂,飘如陌上尘。"苏轼说:"人生如梦,一尊还酹江月。"曹植说:"人生处一世,去若朝露晞。"

生活中,人们总是会发出这样的感叹:活得真累!活得真烦!活得真枯燥!在一些令自己感到不开心、不顺心、不如意的日子里,人们总是会说出这样的话。然而,当一切不顺心过去,当一切不如意也随之过去之后,往往人们会发出这样的感叹,生活还是多姿多彩的,为什么自己在遇到不顺心事情的时候,总是像没有长大的孩子一样感到焦躁、忧郁,而不能坦然面对呢?诚然,生活并没有偏爱于任何人,它所给予每个人的都是一样的,可是人们之所以会产生各种各样不愉悦的心境,就是因为人们内心深处缺少一份坦然。

试看，工作了几个月之后，很多人在公司没有拿到一点提成，每个月所得到的依然是少得可怜的工资，但他们却每天满面笑容，即使吃馒头和咸菜，他们依然自得其乐。再看一些离婚独自带孩子的人，虽然面对工作和孩子两者之间的种种烦心之事，他们会有无奈，会有泪水，但我们依然能看到他们在回家之后看到孩子的那份愉悦的笑脸。再如，工作了一整天的人们，每当下班之后，回到家看到自己的亲人在等待他们，此时，一天的所有辛劳，他们都会忘记，给予家人的依然是一张温和而幸福的笑脸……而这就是一份坦然。

曾经读到过这样一个故事。

一位老人一大早起来就带上自己的渔具去钓鱼，这种情形被邻居看到了，邻居讥讽地笑了笑，说："您这一天可真清闲啊！"老人没有说什么，迎着清晨的朝阳出发了，老人很享受，可最终一条鱼也没有钓着。太阳渐渐落山了，老人迎着晚霞，带上自己空空的水桶回来了。正好又遇见邻居，邻居看了看老人空空的桶，说："看你，一天下来一无所获，连一条鱼也没有钓到。"听了邻居的话，老人笑道："谁说我没有收获，我收获了一天的快乐！"

看，老人多么从容！多么坦然！多么淡定！的确，生活本应坦然面对。其实，人生之中的很多成败得失并不是我们所能左右的，所以，我们不需要把那些人人都看重的结果作为自己的座右铭，每天为了一个结果而做事情，这样自己会生活得很累。有些事情，我们所要看重的并不是结果，而是这件事的过程，在这个过程中，我们努力过，我们为之奋斗过，我们为之拼搏过，即使最终我们没有成功，但我们作为参与者，只要投入了，就没有输，生命中依然会获得奋斗之后的一份"坦然"，而这也就够了，无需强求更多。

生活中，也许我们因为一件事或者一项工作而与朋友、同事发生不愉快，但这都没有什么，我们不需要和别人斤斤计较，或者看到其他人就将这些事情抱怨一番，我们更不需要把这些事情放在心上。正如人们常说的"女孩的心思你别猜"，同样，别人的心思，你也不要猜，也不要奢望你做得所有事情都能让他人满意，这是不可能的，你所需要做得就是当你再次面对别人的时候，奉上自己的真心，调整自己的心态，求得事过境迁之后的一份"坦然"，这才是最好的也是最重要的。

生活并不能一帆风顺，有成功，也有失败；有开心，也有失落。如果我们把生活中的这些起起落落看得太重，那么我们永远都不会坦然，永远都没有欢笑。因为世界不会因为你的哭而改变，但你的人生一定会因为你的笑而改变轨迹。生命是一种经历、一种过程，宁静高远的心是重要的，坦然面对人生也是重要的！选择了坦然面对人生，选择了坦然面对命运，那么坦然就会成为你的一种生活态度，为你赢得幸福的人生。

世界上没有永恒不变的事情，所以，万事万物也正验证了那句话："一切都在变化之中"。因此，每个人现在的如意或者不如意，成功或者失败，幸福或者伤心都是短暂的，它都会由你目前的这种状态过度到另一种状态。既然如此，我们就无需对当前的事情耿耿于怀，我们需要做的就是保持一份坦然的心境，不断地向前看。这才是每个人应该拥有的人生准则。

我们从四面八方走来,在前行的过程中,身上背负着昨天的故事,脚下踏着历史的尘埃,一路的风雨带着说不尽的艰难,一路的尘土夹杂着丝丝惆怅。在一路前行的过程中,每个人都向往着未来的美好,但每个清晨起来,我们却依然如故。所以坦然面对人生,就是坦然面对自己。人生其实就是一面镜子,任何时候,请在镜子里,看一看自己,即使我们拥有一切,也不过是拥有自己,即使我们一无所有,至少我们还有自己。所以,带着一份坦然的心境面对一切,对每个人来说,更是一种超然。

突然想起这样的一句话:"天空留不下我的痕迹,但我已飞过。"其实,这不就是对坦然最好的诠释吗?

人生不过如此,看透了,看穿了,人的生命就获得了自由和解脱,人生旷达了,心智自然也就不会劳累,就不会活得那么拘谨和辛苦。区区小事不能给他带来懊恼,不愉快的经历也不能使他怨天尤人。旷达的人原谅他人,理解人生。欢乐的时候能放浪形骸,遇到挫折后也顺其自然,做事的时候能专心致志,忘情的时候能忘乎所以。这种人活在世上不委曲自己,不太计较得失,所以人人喜欢,人人钦佩。

## 7. 旧游无处不堪寻。无寻处，惟有少年心

——时间一去不复返

◎ 出处

章良能《小重山·柳暗花明春事深》

◎ 原文

柳暗花明春事深。小阑红芍药，已抽簪。雨余风软碎鸣禽。迟迟日，犹带一分阴。

往事莫沉吟。身闲时序好，且登临。旧游无处不堪寻。无寻处，惟有少年心。

◎ 译文

柳色春花明丽清新，春意已深。小花栏里的红芍药，已经露出了尖尖的小小花苞，如同美人头上的美丽饰物。雨后的春风，更显得温柔轻盈，到处响着各种鸟雀婉转的迎接春天的歌声。太阳缓缓升起，晴空中尚有一点乌云。

以往的事情，再也不必回顾思索。趁着美好的春景，赶快去大好河山好好游览。旧日游玩过的印迹，如今处处都可找寻。但无处可寻的，是一颗少年时的心。

◎ 注释

春事：春色，春意。

簪：妇女插鬓的针形首饰，这里形容纤细的花芽。

风软碎鸣禽：用杜荀鹤《春宫怨》的"风暖鸟声碎"句。碎，鸟鸣声细碎。

迟迟：和缓的样子。

◎ 赏析

时光流逝，故地重游之时，在一切都可以复寻、都依稀如往日的情况下，突出地感到失去了少年时那种心境，作者自不能免于沉吟乃至惆怅。但少年时代是人生最富有朝气、心境最为欢乐的时代，那种或是拏云般的少年之志，或是充满着幸福憧憬的少年式的幻想，在人一生中只须稍一回首，总要使自己受到某种激励鼓舞。人生老大，深情地回首往昔，想重寻那一颗少年心，这里又不能说不带有某种少年情绪的余波和回旋，乃至对于老大之后，失去少年心境的不甘，不满。"回来吧，少年心！"

昨天的事情已经过去了，不管成功还是失败，统统忘掉。从昨天的时间里走出来，你才有新生。今日，你如何利用你的时间是很重要的，因为时间是一去而不复返的。

当你在玩或忙于追求有价值的目标时，会觉得时间飞逝。但如果你只是在熬时间，那一定是很难捱的事。

"一日之计在于晨"。当我们早起时，尤其是经过一晚酣睡后，情况大不一样。早起给我们时间以企盼的心情来迎接一整天，发动我们内在的力量，使我们能迎接眼前的挑战。"昨天"在入睡着时已结束了，所有的不快和担心也随之而结束。"今天"是新的一天，我们可以写下新的一页，只要我们肯试。

人生是有限的，但人们在有限的人生里究竟把多少时间用在了现在，用在了明明白白的眼下之所为？在时间的长河里，昨天已经去了，明天还没有来，只有今天属于自己，属于已经兑现了的"现在"，但很多时候，人们却把时间用在了思前想后上，用在了沉湎旧事、旧情、旧物上，用在了对往事中某些失误的悔恨上，或者用在了对以后岁月的空想上，而这一切都是没有效益的，都是对时间的浪费。为了已经过去了的事情忏悔、愁闷、叹息实在是毫无价值的，这样做不但浪费了你的时间，浪费了你的情感，也浪费了你的精力，浪费了你宝贵的一切。

有些人往往有"生不逢时"的感叹。以为过去的时代都是黄金时代，只有现在的时代是不好的。这真是大错特错了。我们必须去接触、参加现在生活的洪流，必须纵身投入现在的文化巨浪。我们不应该生活在"昨日"或"明日"的世界中，把许多精力耗费在追怀过去与幻想未来之中。

如果一个人能够生活于"现实"之中，而又能充分去利用"现实"，那么他要比那些只会瞻前顾后的人有用得多；他的生活也会更能成功、完美得多。

时当现在，你千万不要幻想于下个月中，丧失了当下可能得到的一切。不要因为你对于下一月、下一年有所计划、有所憧憬，遂虚度、糟蹋了这一月、这一年。不要因为目光注视着天上的星光而看不见你周围的美景，踩坏了你脚下的玫瑰花朵。

你应当下定决心，去努力改善你现在所住的茅屋，使它成为世界上快乐、甜蜜的处所。至于你幻梦中的亭台楼阁、高楼大厦，在没有实现之前，还是请你迁就些，把你的心神仍旧专注在你现有的茅屋中。这并不是叫你不为明天打算、不对未来憧憬。这只是说，我们不应当过度地集中我们的目光于"明天"，不应当过度地沉迷于我们"将来"的梦中，反而将当前的"今日"丧失，丧失它的一切欢愉与机会。

人们常有一种心理，想脱离现有令他不快的地位与职务，在渺茫的未来中，寻得快乐与幸福。其实这是错误的见解，试问有谁可以担保，一脱离了现有的地位，就可得到幸福呢？有谁可以担保，今日不笑的人，明日一定会笑呢？假使我们有创造与享乐的本能，而不去使用，怎知这种本能，不在日后失去作用？

抓住现在的时光，这是你能够有所作为的唯一时刻。不要因为介意昨天的事，而毁了你今天的努力。假如我们不能充分利用今日而让时间自由虚度，那么它将一去不返。

所谓"今日"，正是"昨日"计划中的"明日"，而这个宝贵的"今日"，不久将消失到遥远的地方。对于我们每个人来讲，得以生存的只有现在——过去早已消失，而未来尚未来临。一位名人说过，昨天，是张作废的支票；明天，是尚未兑现的期票；只有今天，才是现金，是有流通性、有价值之物。因此，只有今天才是我们唯一可以利用的时间。

时间的特点是既不能逆转，也不能储存，是种不能再生的特殊资源。岳飞说得好："莫等闲，白了少年头，空悲切。"我们要以珍惜的态度把握时间，从今天开始，从现在做起！